Petros Markaris

Der Tod des Odysseus

Geschichten

Aus dem Neugriechischen von
Michaela Prinzinger

Diogenes

Titel der 2015 bei Samuel Gavrielides Editions,
Athen, erschienenen Originalausgabe:
›Τριημερία και άλλα διηγήματα‹

Covermotiv: Foto von L. B. Jeffries (Ausschnitt)

Dieser Band wurde für die deutsche Fassung
in Zusammenarbeit mit dem Autor
nochmals durchgesehen

www.diogenes.ch
120/16/44/1
ISBN 978 3 257 06979 2

Für die kleine Abril

Inhalt

Mord an einem Unsterblichen

Die Nachricht erreichte uns während der morgendlichen Kaffeerunde, die unser Chef, Kriminalrat Gikas, vor kurzem eingeführt hat. Sein halbes Leben geht er nun schon in den Besprechungszimmern von Ministern jeglicher Couleur ein und aus. Dabei ist ihm irgendwann zu Ohren gekommen, dass der Premierminister seinen Arbeitstag mit einer morgendlichen Kaffeerunde beginnt. Und so hat er diesen Brauch flugs kopiert. Was die politischen Führungskräfte mit ihrem Mitarbeiterstab bereden, weiß ich nicht. Wir jedenfalls reden nur Unsinn. Statt über den Vortag Bericht zu erstatten und die Einsatzpläne für den aktuellen Tag festzulegen, vertrödeln wir unsere Zeit damit, Gikas' Erinnerungen zu lauschen, die er aus seinem Gedächtnisarchiv hervorkramt.

Als das Telefon klingelt, Gikas abnimmt und »Es ist für Sie« zu mir sagt, habe ich so ein Vorgefühl, das mir Vlassopoulos prompt bestätigt.

»Wir haben einen Mord, Herr Kommissar.«

»Ist die Identität des Opfers bekannt oder nicht?«

»Weithin bekannt. Es handelt sich um den Schriftsteller Lambros Spachis. Seine Haushälterin hat ihn heute Morgen tot in seinem Arbeitszimmer gefunden.«

»Und dir sagt der Name Spachis etwas?«, frage ich ihn verwundert, denn ich kenne ihn nicht.

»Nein, aber ich habe bei Wikipedia nachgeschaut und seinen Lebenslauf gelesen.«

›Oje‹, sage ich mir. ›Wenn ich jetzt frage, was in Wikipedia steht, setze ich meine ganze Autorität aufs Spiel.‹

»Wo hat das Opfer gewohnt?«

»In der Romanou-Melodou-Straße, an der Ringstraße um den Lykavittos.«

»Ich bin gleich unten.«

Vlassopoulos erwartet mich in einem Streifenwagen am Ausgang.

»Ich habe die Spurensicherung und die Gerichtsmedizin verständigt. Ein Streifenwagen bewacht die Wohnung. Das Opfer hat allein gelebt.«

Spachis wohnte in einem dreistöckigen Einfamilienhaus, das aus den dreißiger Jahren stammen muss. Zur Linken befindet sich das Wohnzimmer mit alten Möbeln und Erbstücken, an den Wänden hängen vorwiegend Familienaufnahmen. Auf einem ausladenden Sessel mit geschwungenen hölzernen Armlehnen sitzt eine dunkelhaarige Fünfzigjährige mit einer Adlernase und hat den Kopf in die Hände gestützt. Auf den ersten Blick wirkt sie wie eine Ausländerin auf mich, doch woher genau, könnte ich nicht sagen. Der junge Kriminalhauptwachtmeister, der sie beaufsichtigen soll, raucht stehend am Fenster und blickt verträumt nach draußen.

Die Küche liegt dem Wohnzimmer genau gegenüber. Daneben führt eine Holztreppe in die oberen Etagen. Zuerst werfe ich einen Blick in die Küche. Die Türen der Küchenschränke sind zu, ein Stoß Teller wurde achtlos im Spülbecken abgestellt. Der Kühlschrank enthält reichlich Obst und Gemüse.

Im zweiten Stock erwarten mich zwei Schlafzimmer. Dazwischen liegt ein enger Flur, der zum Badezimmer führt. Das Opfer muss das linke Schlafzimmer benutzt haben, denn in den Kleiderschränken befinden sich jede Menge Anzüge und Unterwäsche. Auf dem Nachttisch liegt ein Buch, daneben eine Brille. Das andere Schlafzimmer sieht unbenutzt aus. Wahrscheinlich diente es als Gästezimmer. Auf dem einzigen Balkon vegetieren ein paar darbende Pflanzen dahin, bei deren Anblick es meine Frau Adriani gruseln würde.

Die oberste Etage besteht aus einem einzigen, riesigen Arbeitszimmer mit Bücherregalen, die bis zur Decke reichen. Gikas wäre bestimmt neidisch darauf – nicht wegen der Bücher, sondern wegen des Ausblicks. Vor den beiden großen Fenstern liegt einem hier ganz Athen mitsamt Akropolis zu Füßen.

Das wunderbare Licht, das den ganzen Raum durchströmt, schafft eine angenehme Atmosphäre – wäre da nicht das Opfer, das vor dem linken Fenster mit eingeschlagenem Schädel vornübergestürzt ist. Eine Blutlache hat sich um die Wunde ausgebreitet, an den Ohren und am Hemdkragen klebt verkrustetes Blut. Das Arbeitszimmer weist sonst keinerlei Kampfspuren auf. Das bedeutet, dass das Opfer den Mörder gekannt und ihm vertraut haben muss. Nur so konnte es vor dem Fenster unvermutet hinterrücks angegriffen werden.

Nachdem ich mich in Spachis' Arbeitszimmer umgesehen habe, beschließe ich, die Untersuchung des Tatorts der Spurensicherung und der Gerichtsmedizin zu überlassen, und dafür jetzt gleich die Haushälterin zu vernehmen.

Auf der Treppe kommt mir Gerichtsmediziner Stavropoulos entgegen.

»Was gibt's?«, fragt er.

»Eine Leiche mit zertrümmertem Schädel. Das Opfer wurde von hinten erschlagen, als es gerade aus dem Fenster schaute. Da es keine Kampfspuren gibt, muss der Täter ein Bekannter gewesen sein. Schon allein deshalb, weil er ihn nicht bloß im Wohnzimmer empfangen, sondern in sein Arbeitszimmer gelassen hat. Der Mörder hatte es nicht auf Diebesgut abgesehen, sondern kam ganz offiziell zu Besuch.«

Er hält sich mit Kommentaren zurück und geht weiter die Treppe hoch, während die Haushälterin fast genauso dasitzt wie vorhin. Nur hat sie jetzt den Kopf in die eine Hand gestützt und zerknüllt mit der anderen ein Taschentuch.

»Woher kommen Sie?«, frage ich sie.

Jeden Griechen fragt man heutzutage, woher sein Geld kommt, jeden Einwanderer hingegen, woher er selbst kommt.

»Aus Armenien.«

»Arbeiten Sie schon lange für Herrn Spachis?«

»Neun Jahre. Seine Frau Ourania war damals noch am Leben.«

»Wann sind Sie heute Morgen gekommen?«

»Um neun, wie immer.«

»Kommen Sie jeden Tag?«

»Nein, jeden zweiten. Als Erstes gehe ich immer in die Küche. Ich war überrascht, dort schmutzige Teller vorzufinden. Herr Lambros erledigt den Abwasch immer sofort, weil wir hier nah am Park des Lykavittos-Hügels sind und deshalb Ameisen haben. Aber dann habe ich mich noch mehr gewundert.«

»Wieso?«

»Weil ich ins Schlafzimmer hinaufgegangen bin und das Bett gemacht war.«

»Hat er nie selbst das Bett gemacht?«

»Nein, ich habe das jeden zweiten Tag übernommen. Dann habe ich gerufen: ›Herr Lambros! Herr Lambros!‹ Keine Antwort. So bin ich ins Arbeitszimmer gegangen und … da lag er dann!«

Sie bricht erneut in Tränen aus und wischt sich mit dem Taschentuch über die Augen.

»Gut, gehen Sie jetzt nach Hause und erholen Sie sich von dem Schrecken«, sage ich. »Morgen kommen Sie zur Vernehmung ins Präsidium auf den Alexandras-Boulevard.«

»Herr Lambros war ein guter Mensch«, sagt sie, während sie seufzend aufsteht. »Schlimm, dass er so gestorben ist. Wirklich schlimm.«

Im Anschluss an unser Gespräch gehe ich ins dritte Stockwerk hoch, um mich nach Stavropoulos umzuschauen. Inzwischen hat auch die Spurensicherung losgelegt. Der Gerichtsmediziner ist mit seiner Arbeit fertig und packt gerade seine Utensilien ein.

»Viel kann ich nicht dazu sagen«, meint er. »Der Mord muss zwischen zehn Uhr abends und ein

Uhr nachts passiert sein. Der Schädel zeigt Spuren mehrerer Hiebe, die mit einem schweren Gegenstand ausgeführt wurden, vermutlich mit einer Schale oder einem anderen Gefäß aus Metall. Darin müssen die Büroklammern, die Heftklammern und der Radiergummi aufbewahrt gewesen sein, die überall im Raum verstreut liegen. Der Mörder muss die Tatwaffe mitgenommen haben. Wir konnten sie nirgends finden.«

»Untersucht seinen Schreibtisch und den Computer«, sage ich zu Sfakianakis von der Spurensicherung.

Sein konsternierter Blick sagt mir, dass ich mir die Anweisung hätte sparen können.

Vlassopoulos kommt die Treppe heraufgekeucht.

»Er hatte keine Angehörigen außer einer Nichte seiner Frau, die in Patras lebt. Er war ein ruhiger Typ und scheint allen gegenüber freundlich und offen gewesen zu sein.«

»Hat jemand gesehen, wie er nach Hause gekommen ist?«

»Nein. Es gibt ja keine Mitbewohner.«

»Gut. Sag in Patras Bescheid, sie sollen die Nichte morgen in einem Streifenwagen nach Athen bringen. Komm, wir machen uns auf den Weg. Das war's fürs Erste. Hier ist nichts Interessantes mehr zu finden, fürchte ich.«

»Ich kann Ihnen nicht groß weiterhelfen«, meint Afroditi Stergiopoulou, die Nichte des Schriftstellers, als wir sie am nächsten Tag in dem Haus am Lykavittos treffen. »Mein Onkel und ich hatten ein distanziertes Verhältnis. Er konnte mich nicht leiden, und ich ihn auch nicht. Nach dem Abitur wollte ich studieren und Mathematiklehrerin werden. Doch der Onkel hat meiner Mutter das Studium ausgeredet. Er meinte, ich solle lieber Friseuse werden, das sei ein sicherer Job. Und da das Wort meines Onkels in der Familie Gesetz war, bin ich Friseuse geworden. Ein paar Jahre später habe ich Charis kennengelernt. Er ist Finanzbeamter, und als er nach Patras versetzt wurde, ging ich mit ihm. Dort haben wir dann geheiratet. Ein Jahr nach der Hochzeit ist meine Mutter gestorben, und seit damals hatten wir keinen Kontakt mehr – bis auf seltene Telefonate mit meiner Tante. Auf ihrem Begräbnis habe ich Onkel Lambros zum letzten Mal gesehen.«

»Kannten Sie jemanden aus seinem Freundes- oder Kollegenkreis?«

Sie stößt ein kurzes, spöttisches Lachen aus.

»Immer wenn meine Mutter und ich meine Tante besuchten, Herr Kommissar, wurden wir gleich ins Wohnzimmer geführt. Dann habe ich ehrfürchtig auf genau diesem Stuhl hier gesessen, und meiner

Mutter ging es ganz genauso. Mein Onkel thronte in seinem Sessel und redete ununterbrochen auf uns ein. Keiner wagte es, ihn zu unterbrechen, nicht mal meine Tante Ourania. Wenn einer seiner Freunde vorbeikam, hat er ihn direkt in sein Arbeitszimmer geführt, ohne ihn uns vorzustellen. Dann waren wir ganz erleichtert, dass wir unter uns waren und in aller Ruhe quatschen konnten.« Nach einer kurzen Pause fährt sie fort: »Onkel Lambros hatte zwei Gesichter, Herr Kommissar. Das eine hat er seiner Familie gezeigt, das andere den Außenstehenden. Zu den Außenstehenden war er immer freundlich und höflich, zu seinen Angehörigen jedoch hochfahrend und arrogant. So hat er sich auch meiner Tante gegenüber verhalten. Vor den anderen hat er honigsüß getan, wenn er mit ihr sprach. Doch wenn die beiden allein waren, hat er sie von morgens bis abends fertiggemacht.«

»Aber er hat sich doch zu Ihnen gesetzt und mit Ihnen geplaudert«, wende ich ein, da ihre Worte übertrieben kritisch klingen.

Erneut lacht sie auf.

»Mein Mann Charis, der einen Abschluss in Wirtschaftswissenschaften hat, hat zu mir gesagt, nachdem er ihn kennengelernt hatte: ›Lass mich das nächste Mal bloß zu Hause. Den halte ich nicht aus. Der ist mir viel zu selbstherrlich.‹ Ja, so war

Onkel Lambros: absolut selbstherrlich. Er hat sich selbst unglaublich gern reden hören.«

»Werfen Sie bitte mit uns einen Blick in sein Arbeitszimmer, vielleicht fällt Ihnen ja irgendetwas auf.«

»Gern, aber ich muss Sie enttäuschen. Zu seinem Büro hatten nur seine Freunde und ein paar Kollegen Zutritt. Da meine Mutter und ich nicht zu dieser Kategorie zählten, mussten wir draußen bleiben.«

Unbewusst hat sie mir einen wertvollen Hinweis geliefert. Da er nur Freunde und Kollegen in seinem Arbeitszimmer empfangen hat, muss der Täter aus diesen Kreisen stammen. Nicht, dass die Zahl der Verdächtigen dadurch kleiner würde. Es wäre ganz schön aufwendig, jeden Dichter, Literaten, Künstler und ähnliche Genossen einzeln zu überprüfen.

»Sie hat ordentlich Gift über ihren Onkel versprüht«, bemerkt Vlassopoulos nach dem Abgang der Stergiopoulou. »Da kann sie sagen, was sie will: Spachis hat großartige Romane geschrieben.«

»Woher weißt du das denn? Hast du die Romane ihres Onkels gelesen?«, frage ich überrascht, da ich weiß, dass er – als eingefleischter Olympiakos-Piräus-Anhänger – nur die Sportzeitung *Protathlitis* liest.

»Einer seiner Romane wurde fürs Fernsehen verfilmt. Da habe ich keine Folge verpasst. Wenn ich nicht gucken konnte, habe ich mir die Wiederholung angeschaut oder einen Freund von der Kriminaltechnik gebeten, die Folge aufzuzeichnen. Der Mann war einsame Spitze, sage ich Ihnen.«

Der Verleger von Lambros Spachis residiert in der Salongou-Straße. Vor dem Haus steht ein Akkordeonspieler und spielt in einer Endlosschleife den Donauwalzer. Er muss aus Serbien stammen. Die Kombination aus Akkordeon und Donauwalzer lässt im Allgemeinen auf einen Serben schließen.

Der Verleger ist ein sympathischer Mittfünfziger. Sein dunkelblondes Haupthaar ist leicht angegraut, die Farbe seines Schnauzers hingegen hält noch stand.

»Ein herber Verlust«, sagt er mit betrübter Miene. »Ganz schlimm. Und auch noch ein so schreckliches Ende.« Er seufzt tief auf, um seine Betroffenheit zu unterstreichen. »Er war ein großartiger Schriftsteller und ein großartiger Mensch.«

Den ersten Teil der Aussage hat mir Vlassopoulos bereits bestätigt, den zweiten Teil seine Nichte, allerdings nur, was sein Verhalten Außenstehenden gegenüber betraf. Von dem Verleger würde ich gern noch mehr erfahren.

»Wissen Sie, er kam sehr gut an. Jeder neue Roman wurde innerhalb eines Monats gleich drei- oder viermal nachgedruckt. Genauso erfolgreich war er im Fernsehen.« Er pausiert kurz und fährt dann fort: »Man hätte erwarten können, dass Lambros hochnäsig und arrogant geworden wäre, aber weit gefehlt. Unsere Lektorinnen haben ihn heiß geliebt, weil er immer auf sie gehört hat. Er hat ihre Anregungen gern aufgegriffen und seinen Text entsprechend überarbeitet. Ganz anders als die jungen Autoren, die sich wer weiß wie aufregen, wenn man ihnen eine Korrektur vorschlägt. ›Ich hab es aber so und nicht anders gemeint‹, sagen sie. Oder: ›Das ist ein Eingriff in meine Urheberrechte!‹ Dann bleibt einem nichts anderes übrig, als sie entweder rauszuwerfen oder ihr Werk unlektoriert herauszubringen. Normalerweise macht man dann das Zweite.«

»Wieso das Zweite?«, frage ich neugierig.

Der Verleger lacht auf.

»Bücher dienen nicht allein der Lektüre, Herr Kommissar.«

»Sondern?«

»Dazu, die Büchertische in den Buchläden zu füllen. Je mehr Bücher du herausgibst, desto größer wird dein Anteil auf den Büchertischen. Die richtig guten Bücher verkaufst du. Und die übrigen stampfst du ein, weil es zu teuer kommt, sie zu lagern.«

»Hatte Lambros Spachis Feinde?«

Spachis' Feinde interessieren mich viel mehr als die Büchertische mit den guten und den schlechten Büchern.

Der Verleger denkt nach.

»Wenn Sie mit ›Feinden‹ Schriftstellerkollegen meinen, die auf ihn neidisch waren, dann hatte er viele Feinde«, antwortet er. »Griechenland ist ein kleines Land, Herr Kommissar, und unsere Zunft ist ganz besonders klein. Hat jemand Erfolg, glauben die meisten seiner Kollegen: Ohne den wäre mein Erfolg größer. Das ist natürlich Blödsinn, aber wie soll man sie vom Gegenteil überzeugen?« Er überlegt noch ein wenig und meint dann gepresst: »Ich fürchte, die Zahl der Neider ist seit seiner Kandidatur zum Akademiemitglied noch angewachsen.«

»Er wollte Akademiemitglied werden?«

Ich weiß zwar nicht, was genau das bedeutet, aber der wichtigtuerische Gesichtsausdruck des Verlegers untermalt die enorme Tragweite des Vorgangs.

»Ja, und seine Chancen, gewählt zu werden, standen sehr gut.« Dann fügt er etwas zurückhaltender hinzu: »Hieß es wenigstens.«

»Jetzt mal langsam: Sie behaupten also, dass man in die Akademie gewählt wird?«

»Aber natürlich, Herr Kommissar. In die Akademie kommt man weder mit Eintrittskarte noch mit Wartenummer«, erklärt der Verleger und bedenkt mich mit einem Blick, der mich – freundlich ausgedrückt – zum Banausen und – unfreundlich ausgedrückt – zum Rindvieh stempelt.

»Wissen Sie vielleicht, wer Spachis' Mitbewerber waren?«

»Nein, ehrlich gesagt, interessiert es mich auch nicht. Die Wahl zum Akademiemitglied bringt heutzutage keine künstlerische oder wissenschaftliche Anerkennung. Sie befriedigt bloß die persönliche Eitelkeit und bringt ein saftiges Gehalt ein, so um die dreitausend Euro pro Monat.«

Kann sein, dass die Frage für den Verleger uninteressant ist oder er zumindest so tut, als ob. Mich jedenfalls interessiert es brennend, wer sich sonst noch beworben hat.

»Eine gewisse Kourani soll darunter sein«, erläutert mir Vlassopoulos am nächsten Morgen.

»Was hast du über sie rausgekriegt?«

»Dass sie in diversen Zeitungen und Zeitschriften Bücher bespricht. Sie ist reich und verbittert. Und sie regiert wie eine Bienenkönigin – sie kann honigsüß sein, hat aber auch einen sehr giftigen Stachel.«

»Du fliegst gleich raus aus dem Ermittlerteam«, sage ich kurz angebunden.

»Wieso?«, wundert sich Vlassopoulos, der sich Lob erwartet hat und stattdessen einen Rüffel kassiert.

»Weil du mit poetischen Vergleichen arbeitest, und das gehört sich nicht für einen Bullen. Wenn Gikas dich hört, sitzt du gleich unten im Archiv und bearbeitest Akten.«

Er schweigt – was er immer tut, wenn er mir zeigen will, dass ihn mein Verhalten verbittert.

Alkistis Kourani wohnt in der Patriarchou-Ioakim-Straße in Kifissia, in einem alten Haus mit Garten aus der Zwischenkriegszeit in der Nähe der Ajia-Anna-Kirche. Bei meinem Eintreffen sitzt sie, mit einem Kissen im Rücken, in einem altmodischen Korbsessel und liest in einem Buch. Obwohl sie das Klacken der schmiedeeisernen Gartentür gehört haben muss, die hinter mir ins Schloss gefallen ist, hebt sie den Blick nicht von ihrer Lektüre. Erst als ich auf sie zutrete, blickt sie auf und legt gleichzeitig den Bleistift, den sie in der Hand hält, zwischen die Seiten des Buches. Sie ist über achtzig, doch sie hält sich gut und sieht mindestens fünf Jahre jünger aus. Vor ihr steht ein niedriges Tischchen mit einer Porzellankanne, einer Tasse und einem Tellerchen mit Zitronenscheiben.

»Setzen Sie sich, Herr Kommissar«, sagt sie, nachdem ich mich vorgestellt habe. »Möchten Sie eine Tasse Tee?«

Ich lehne höflich ab. Liebend gern hätte ich einen süßen Mokka getrunken, doch ich verkneife es mir, den Wunsch zu äußern.

»Ich wollte Sie im Fall Lambros Spachis um Ihre Mithilfe bitten«, sage ich und nehme in einem zweiten Korbsessel Platz.

Sie schüttelt bedauernd den Kopf.

»In meiner Kindheit hörte man überall das Lied ›Armer Athanassopoulos, warum musstest du so enden?‹. Jetzt, als alte Frau, sage ich kopfschüttelnd: ›Armer Spachis, warum musstest du so enden?‹. Wer weiß, vielleicht schließt sich so symbolisch der Kreis meines Lebens.«

»Wissen Sie, ob Lambros Spachis Feinde hatte?«

Sie hält inne, die Teetasse einen Fingerbreit von ihrem Mund entfernt, und antwortet leichthin: »Alle haben ihn gehasst.«

»Warum? Aus Neid auf den Ruhm, den er als großer Schriftsteller genoss?«

Sie verschluckt sich und ringt nach Luft. Mir rutscht vor Schreck das Herz in die Hose, und ich weiß nicht, ob ich der alten Dame auf den Rücken klopfen soll oder nicht. Zum Glück beruhigt sie sich wieder.

»Ein großer Schriftsteller, Herr Kommissar? Wissen Sie, wir in Griechenland haben die Tradition, mittelmäßigen Künstlern Größe zuzusprechen und durchschnittliche Werke als Meisterwerke zu feiern. Nur um uns selbst davon zu überzeugen, dass wir etwas wert sind.« Nach einer kurzen Pause fügt sie hinzu: »Wenn Sie meine persönliche Meinung hören wollen, dann lag die Qualität seiner Bücher knapp über der eines Groschenromans.«

Ich muss an meine Frau denken. Adriani liest jeden Morgen, wenn sie mit der Hausarbeit fertig ist, Groschenromane. Am Nachmittag drückt sie auf den Einschaltknopf und verfolgt die verfilmten Groschenromane.

»Ich erzähle Ihnen mal von seinem Werdegang, dann werden Sie verstehen, was ich meine. Spachis hatte eine Schauspielausbildung und verdiente sein Geld als Sprecher in der Sendung *Radiobibliothek*. Durch seine Tätigkeit als Schauspieler ist er überhaupt erst mit der Literatur in Berührung gekommen. Dann hat er begonnen, selber zu schreiben. Was für ein Talent kann man schon von jemandem erwarten, der durch die *Radiobibliothek* zum Autor wurde?«

»Ja, aber er hat es bis zum Kandidaten für die Athener Akademie gebracht.«

Sie gießt sich erst frischen Tee ein, bevor sie antwortet.

»Solche Institutionen vereinten früher die Geistesriesen, doch heute sind sie reiner Popanz und ein Schatten ihrer selbst, Herr Kommissar. Jeder kann Akademiemitglied werden. Man braucht nur die richtigen Verbindungen. Spachis' eigentliches Talent war es, die richtigen Verbindungen zu haben. Darüber hinaus war er goldenes Mittelmaß. Also hatte er die beiden Eigenschaften, welche die Voraussetzungen bilden, um heutzutage Akademiemitglied zu werden.«

»Gab es keine anderen Kandidaten?«

»Doch. Der erste, Makis Petropoulos, war chancenlos, und das war ihm selbst auch bewusst. Er hat sich einzig und allein deshalb beworben, um Spachis, der ihn nicht ausstehen konnte, eins auszuwischen. Der zweite war Kleon Romylos. Er hätte es, im Gegensatz zu den anderen, wirklich verdient gehabt. Romylos ist der Großmeister der kleinen Form, der literarischen Vignette. Für mich ist er der griechische Borges. Um nicht zu sagen, Borges ist der argentinische Romylos.«

Mir sagt weder Romylos etwas noch dieser »Borches«, und in meiner Verwirrung weiß ich schon gar nicht mehr, wer der Grieche und wer der Argentinier ist. Doch die Tatsache, dass Romylos Akademiemitglied werden wollte, lässt mich vermuten, dass er der Grieche ist.

Kleon Romylos sitzt am hintersten Ecktisch der Brasserie Valaoritou. Vor ihm liegt ein aufgeschlagenes schwarzes und in Leder gebundenes Notizbuch und darauf ein sündteurer Füller.

»Schon als junger Schriftsteller habe ich immer in Cafés geschrieben, und von Anfang an mit Füller«, erläutert er. »Wenn es vollkommen still ist, bin ich abgelenkt und unkonzentriert. Der Lärm im Café, das Kommen und Gehen der Leute, die sich hinsetzen und – sei es auch noch so laut – plaudern, weckt meine Lebensgeister und schärft meine Wahrnehmung.«

Er ist etwa Mitte sechzig, mittelgroß, dünn und weißhaarig. Seine Haut ist so hell, als hätte er sein ganzes Leben in geschlossenen Räumen unter künstlichem Licht verbracht.

»Seit ich schreibe, also mein halbes Leben, habe ich die meiste Zeit auf der Galerie im Café Zonar's verbracht«, fährt Romylos fort. »Aber seit der Renovierung ist es nicht mehr dasselbe. Deshalb bin ich hierher umgezogen.« Er seufzt tief auf. »Im Zonar's hatte ich meinen Stammplatz. Hier ist es nicht so. Jeden Tag sitze ich woanders, also dort, wo ich einen freien Tisch finde. Im Zonar's kannten mich die Kellner und haben mit mir geplaudert. Hier wirft man mir ein trockenes ›Kalimera!‹ zu und geht sofort zur Tagesordnung über, also zur Bestellung. Ich bin ihnen vollkommen gleichgültig. Sie begrüßen nur die Politiker, die hier ihre Ränke schmieden. Heutzutage ist ein Schriftsteller nichts Besonderes und ein Gast wie jeder andere.«

Mir schwant, dass er mir seine ganze schriftstellerische Vita erzählen will, und ich komme ihm schnell mit der Frage zuvor: »Kannten Sie Lambros Spachis?«

»Griechenland ist ein kleines Land, Herr Kommissar, und die Literatenzirkel bestehen aus einer Handvoll Autoren. Jeder kennt jeden, und wir treten uns gegenseitig auf die Füße, um uns irgendwo ein Pöstchen zu sichern.«

»Wenn ich nicht irre, haben Sie beide für die Athener Akademie kandidiert.«

»Also, ich hatte mich schon vor ein paar Jahren beworben, wurde aber nicht gewählt. Ich wollte mich dieser psychisch anstrengenden Prozedur nicht noch einmal unterziehen. Aber Alkistis Kourani hat mich so lange bearbeitet, bis ich schließlich ja gesagt habe.«

»Warum wollten Sie nicht erneut kandidieren?«

»Der weise Mann macht nicht zweimal denselben Fehler, Herr Kommissar.«

»Haben Sie sich keine Hoffnungen gemacht?«

»Genauso wenig wie beim ersten Mal. Bloß jetzt bin ich nicht mehr in dem Alter, in dem man gegen den Strom schwimmt. Ich bin mit den kleinen Geschichten, die ich schreibe, vollauf zufrieden. Die einen beurteilen sie als Vignetten oder als chinesische Miniaturen, die anderen als Vogelkacke. Doch genau darin liegt mein Talent. Wenn ich mich zur größeren Form verleiten lasse, merke ich, dass das Resultat gekünstelt ist und mich vom richtigen Weg abbringt.«

»Kannten Sie den zweiten Mitbewerber?«

»Makis Petropoulos? Aber sicher. Nur, um es gleich klarzustellen: Wir sind miteinander nur bekannt, nicht befreundet.«

»Das klingt so, als würden Sie ihn nicht besonders mögen. Oder täusche ich mich da?«

Romylos lächelt. »Es gibt zwei Wege, um sich auszuzeichnen. Entweder strengst du dich an und schaffst ein bedeutendes Werk, das dir Anerkennung verschafft und dich in die erste Reihe katapultiert. Oder du stellst alle anderen so lange als Versager hin, bis am Schluss kein anderer übrig bleibt als du selbst. Dann bist du in der Rangliste der Einzige und Beste.« Nach einer kurzen Pause fügt er hinzu: »Petropoulos gehört zur zweiten Sorte.«

»Hatte Lambros Spachis Feinde, Herr Romylos?«

»Bestimmt, mich und Makis Petropoulos an erster und prominentester Stelle. Die richtige Frage wäre, ob er Freunde hatte. Dann wäre meine Antwort noch kürzer.«

»Haben Sie die Möglichkeit in Betracht gezogen, dass er schwul war und ihn ein Callboy umgebracht hat?«, fragt mich Gikas am nächsten Morgen, als ich ihm Bericht erstatte.

Ja, diese Möglichkeit war mir tatsächlich durch den Kopf gegangen. Er wäre nicht der erste griechische Schriftsteller, der so ums Leben kommt. Und deshalb hatte ich Vlassopoulos und Dermitsakis durch die Schwulenbars geschickt, doch sein Foto sagte keinem etwas.

»Das hat nicht viel zu sagen«, hält mir Gikas entgegen, als er mein Argument hört. »Vielleicht hat er sich auf dem Schwulenstrich der Migranten herumgetrieben. Als verheirateter Mann hat er Schwulenbars vermutlich gemieden, damit ihn dort keiner erkennt. Er war eine Persönlichkeit, die in der Öffentlichkeit stand, vergessen Sie das nicht.«

»Wir waren auch auf dem Schwulenstrich der Migranten. Dort hat man ihn noch nie gesehen.«

»Die würden den Mund doch nicht aufmachen, selbst wenn sie ihn wiedererkannt hätten!«

Nur, damit er Ruhe gibt, verspreche ich, dass wir es noch einmal überprüfen werden. Wenn Gikas mal eine fixe Idee hat, kommt er nur schwer wieder davon ab. Als ich zu meinem Büro komme, erwartet mich Vlassopoulos schon auf dem Flur.

»Wir haben noch etwas rausgefunden, aber ich weiß nicht, ob es mit dem Mord an Spachis zu tun hat. Vor fünf Jahren wurde in Thessaloniki ein Dichter, Miltos Palestis, umgebracht.«

»Woher habt ihr die Information?«

»Dermitsakis hat es rein zufällig von einem Kollegen aus Thessaloniki erfahren. Auch Palestis hatte sich an der Athener Akademie beworben. Der Mord wurde nie aufgeklärt.«

›Wenn die beiden Morde etwas miteinander zu tun haben, stecken wir ganz schön im Schlamassel‹, sage ich mir.

»Dermitsakis hat die Akte aus Thessaloniki angefordert.«

Gikas' Theorie über einen Mord in der Schwulenszene kann man daher getrost vergessen. Es ist unwahrscheinlich, dass gleich beide Kandidaten von Callboys getötet wurden.

Makis Petropoulos trägt auch zu Hause Hut. Obwohl das Sonnenlicht, das durch die Bäume des Pangrati-Parks fällt, zum Fenster hereinstrahlt und draußen eine Bullenhitze herrscht, läuft er mit einer Kopfbedeckung durch die Wohnung.

»Lambros Spachis?«, sagt er verächtlich. »Sie meinen den mittelmäßigen Autor, der die Dreistigkeit besaß, sich an der Athener Akademie zu bewerben? Wussten Sie, dass er ursprünglich Schauspieler war?«

»Habe ich gehört.«

»Haben Sie auch gehört, dass er mit seiner Rolle in *Bittersüße Liebe* bekannt wurde? Als Schriftsteller ist er jedenfalls dem Niveau der Seifenoper treu geblieben ...«

»Mir wurde gesagt, die *Radiobibliothek* sei der Ausgangspunkt seiner Karriere gewesen.«

»Ist ja auch egal«, räumt Petropoulos bereitwillig ein. »Das ist zwar eine Stufe über *Bittersüße Liebe*, aber noch lange kein Grund, ihm ein Denkmal zu setzen und ihn zum Unsterblichen zu machen.«

Weder sagt mir die Sendung *Bittersüße Liebe* etwas, noch die *Radiobibliothek*. Und als er mir jetzt das »Denkmal« und den »Unsterblichen« an den Kopf wirft, komme ich langsam zur Überzeugung, dass ich mich mit illegalen Einwanderern, Betongießern und Installateuren wesentlich besser verstehe.

»Es gab noch einen dritten Bewerber, Kleon Romylos«, halte ich ihm entgegen, weil ich neugierig bin, wie er reagiert.

»Romylos!«, ruft Petropoulos aus. »In Zeiten wie diesen gelten Modeschmuckstücke plötzlich als ›Vignetten‹ und Fastfood-Lokale als Gourmetrestaurants. Fragen Sie mal nach, wie viele große Verlage ihn abgelehnt haben. Schließlich landete er bei einem Kleinverleger jüdischer Herkunft, der ihm seine Preziosen herausbringt. Wenn du kein großer Verleger bist und nicht schon allein aufgrund deines Rufs bekannte Autoren anziehst, spezialisierst du dich auf unbekannte und ausgefallene Schreiberlinge und nennst das Avantgarde. Sein Verleger hatte schon fast Insolvenz angemeldet, als ihm aus heiterem Himmel ein Krimiautor in den Schoß fiel. Es wird noch so weit kommen, dass der auch noch Akademiemitglied wird! Jedenfalls ist der jüdische Verleger nicht mit der Avantgarde, sondern mit der leichten Muse wieder auf die Beine gekommen. Er ist wohl der einzige Jude in unserem Land, der es geschafft hat, mithilfe der Kriminalpolizei reich zu werden. Daher konnte er mit Romylos weitermachen, um sich weiterhin als Verleger der Happy Few zu profilieren.«

Als das Telefon läutet und er zum Apparat hinübergeht und den Hörer abhebt, denke ich mir, dass Romylos' Einschätzung stimmt: Petropoulos macht alle anderen herunter, um am Schluss als Einziger und Bester dazustehen.

Petropoulos sagt so etwas wie »Danke, ich bin dir zu ewigem Dank verpflichtet« und kehrt mit freudestrahlendem Gesicht zurück.

»Sie sind der Erste, der es erfährt, Herr Kommissar. Ich bin Mitglied der Athener Akademie!«

Ich frage mich, ob Petropoulos sich damit begnügt, über andere schlecht zu reden, oder ob er möglicherweise so weit geht, sie im Notfall auch zu ermorden.

Wenn es noch den geringsten Zweifel gibt, dass es eine Verbindung zwischen den beiden Morden gibt, dann löst er sich auf, als ich die Akte aufschlage, die uns aus Thessaloniki zugeschickt wurde. Das Opfer, Miltos Palestis, wurde auf die gleiche Art und Weise umgebracht wie Lambros Spachis – im Arbeitszimmer hinterrücks mit einem nicht identifizierten Gegenstand erschlagen.

Ich würde liebend gerne Petropoulos des Mordes an Palestis überführen, doch ich finde kein überzeugendes Motiv. Damals war er nicht unter den Kandidaten für die Athener Akademie. Also hatte er keinen Grund, Palestis zu töten. Langsam kriecht ein Verdacht in mir hoch. Zu meinem Leidwesen bewahrheitet er sich.

»Sie hatten recht, Romylos hat sich damals auch beworben«, sagt Vlassopoulos, als er den Blick von der Akte hebt.

»Schön, dann müssen wir jetzt klären, ob er in Thessaloniki war.«

Vlassopoulos wiegt skeptisch den Kopf.

»Das wird nicht einfach sein. Es ist fünf Jahre her. Die Überprüfung der Flugverbindungen wird etwas dauern. Wenn er Bus oder Bahn genommen hat, gibt es keine auf seinen Namen gespeicherte Fahrkarte.«

»Irgendwo muss er ja gewohnt haben. Am ehesten in einem Hotel.«

Vlassopoulos verfolgt diese Spur und meldet eine halbe Stunde später:

»In der Auflistung der Übernachtungen des Polizeipräsidiums Thessaloniki taucht der Name Kleon Romylos im betreffenden Zeitraum nicht auf.«

»Dann beschränken wir uns erst mal auf den zweiten Mord. Hast du die Haushälterin hergeholt?«

»Jawohl.«

Kurz darauf kommt er mit Spachis' Haushälterin zurück. Ich hole Romylos' Porträtfoto aus unserer Akte und zeige es ihr.

»Kennen Sie diese Person?«

»Natürlich!«, ruft sie begeistert. »Das ist Herr Pavlos!«

Vlassopoulos und ich blicken uns verdutzt an. Wir trauen unseren Ohren nicht. »Wie haben Sie ihn genannt?«, frage ich die Haushälterin.

»Pavlos ... Herr Pavlos ...«

»Bring sie kurz nach draußen«, sage ich zu Vlassopoulos, der die Haushälterin wegführt, während ich nach der Telefonnummer der Kourani suche.

»Eine Frage, Frau Kourani: Ist Kleon Romylos der richtige Name des Autors?«

»Nein, sein Künstlername. In Wirklichkeit heißt er Pavlos Kardassis.«

Wieder sitzt er ganz hinten in der Brasserie Valaoritou, diesmal jedoch an einem anderen Tisch. Sein Notizbuch ist noch dasselbe, genauso wie sein teurer Füller.

»Sie haben mir nicht erzählt, dass Kleon Romylos ein Pseudonym ist«, sage ich, als ich mich ihm gegenübersetze. »Und dass Sie in Wirklichkeit Pavlos Kardassis heißen.«

Er lächelt gefasst.

»Sie haben es ja von selbst herausgefunden«, antwortet er.

»Ja. Die Kollegen in Thessaloniki suchten nach einem gewissen Kleon Romylos, der sich an der Athener Akademie beworben hatte, und so entging ihnen Pavlos Kardassis, der einen Tag vor dem Mord an Palestis im Hotel Pella abgestiegen war.« Ich halte kurz inne und warte auf seine Reaktion, aber er blickt mich nur schweigend an. »Gerade haben wir Ihre Wohnung durchsucht und die zwei Metallschalen gefunden, die Sie als Tatwaffe benutzt haben«, ergänze ich. »Warum haben Sie sie aufgehoben?«

»Damit ich mein Versagen immer vor Augen habe«, antwortet er ruhig. »Zweimal habe ich getötet, um Akademiemitglied zu werden, und zweimal wurde ich nicht gewählt. Beim Morden bin ich erfolgreich, beim Strippenziehen weniger. Das ist mein Drama.«

Ich blicke dem alten Mann mit der schneeweißen Haut ins Gesicht und fühle Mitleid in mir hochsteigen.

»Hat es sich denn gelohnt, zwei Morde zu begehen?«, frage ich. »Warum haben Sie das getan? Wegen des regelmäßigen Einkommens? Wollten Sie sich finanziell absichern?«

Er lacht tonlos.

»Nein, ich brauche das Geld nicht. Einmal in meinem Leben wollte ich etwas Großes erreichen,

Herr Kommissar. Man nennt mich den Meister der kleinen Form. Der ›kleinen‹ Form wohlgemerkt, und hier liegt das Problem. Ich wollte mich ein Mal groß fühlen, über mich hinauswachsen. Ich habe es Ihnen schon bei unserem letzten Treffen erzählt: Immer wenn ich etwas Großes tue, wirkt es gekünstelt und bringt mich vom richtigen Weg ab.«

Er schlägt sein Notizbuch zu und steckt seinen Füller in die Innentasche seines Sakkos. Dann trinkt er einen letzten Schluck von seinem Kaffee. Alles geschieht so ruhig und gelassen, als würde er gleich nach Hause gehen.

»Jedenfalls schätze ich es sehr, dass Sie selbst gekommen sind und keine Kollegen geschickt haben, um mich festzunehmen.«

»Der Streifenwagen wartet um die Ecke.«

»Das ist mir lieber so. Sonst habe ich immer befürchtet, dass es keinem auffällt, wenn ich gehe. Diesmal ist es mir ganz recht.« Er steht auf und wartet, bis ich so weit bin, doch dann hält er inne. »Eins noch, Herr Kommissar: Wer in diesem Land versucht, etwas ohne Beziehungen und Vetternwirtschaft zu erreichen, ist ein potentieller Mörder.«

Als wir hinausgehen, dreht sich keiner nach uns um.

Auf vertrautem Boden

»Papa, wie bist du bloß auf dieses Kaff verfallen?«, fragte Murat seinen Vater, der auf dem Rücksitz des VW Golf saß.

Der Flug der *Turkish Airlines* von Istanbul nach Düsseldorf war mit einer Stunde Verspätung gelandet. Sedat, der Vater, hatte am Flughafen auf Murat und seine Schwiegertochter gewartet. Anfangs überlegten sie, mit der Bahn nach Kamen zu fahren, doch Nermin bestand darauf, einen Wagen zu mieten, um sich freier und unabhängiger bewegen zu können.

Als sie die E34 verließen und in die Wernerstraße einbogen, tauchte das »Kaff« vor ihren Augen auf. Murat konnte nicht begreifen, warum sich sein Vater als Rentner in Bergkamen niedergelassen hatte, in einer Stadt mit gerade mal fünfzigtausend Einwohnern. Normalerweise wählen Rentner ein Dorf oder eine Großstadt als Alterswohnsitz. Keiner sucht sich eine Kleinstadt aus.

»Wo geht's jetzt lang?«, fragte er seinen Vater.

»Bieg links in die Landwehrstraße und fahr anschließend geradeaus. Ich sag dir dann, wie's weitergeht.«

Murat konzentrierte sich auf den Verkehr, obwohl fast keine Wagen auf den Straßen unterwegs waren.

»Genauer gesagt, wohne ich nicht direkt in Bergkamen«, erläuterte Sedat seiner Schwiegertochter, »sondern zwischen Bergkamen und Rünthe. Wir machen eine kleine Spazierfahrt, bevor wir zu mir nach Hause fahren, damit mein Sohn sieht, dass der Ort, in dem ich wohne, kein Kaff ist.«

»Papa, mach dir nichts draus, er zieht dich doch nur auf«, beruhigte ihn Nermin, während sie ihren Mann mit einem strengen Seitenblick bedachte.

»Wart's nur ab«, sagte ihr Schwiegervater. Sein Gesichtsausdruck verriet, dass er gleich einen Trumpf aus dem Ärmel ziehen würde. Er wies seinen Sohn an abzubiegen. »Hier entlang kommen wir zum Datteln-Hamm-Kanal. Vor dem Hotel stellen alle Spaziergänger ihre Wagen ab.«

Neben dem Parkplatz lag ein Hafen mit kleinen und großen Segel- und Motorbooten. Am Wasser entlang verlief eine kleine Promenade.

»Na so was, hier gibt's auch eine Marina?«, rief Nermin aus.

»Aus diesem Grund habe ich mich für Bergkamen entschieden«, erklärte Sedat, froh, dass seine Schwiegertochter seiner Wahl etwas abgewinnen konnte. »Fast kann man das Meer riechen.«

»Und deswegen musstest du hierherziehen?«, wunderte sich Murat. »Für das Geld hättest du dir doch in Bodrum, Izmir oder Antalya ein Haus kaufen können.«

Sedat verschlug es die Sprache, er schüttelte den Kopf und erwiderte schließlich: »So viele Jahre habe ich in diesem Land mein Brot verdient. Und dann soll ich jetzt als Rentner einfach weggehen? Das wäre doch schäbig. Früher haben wir Begriffe wie Dankbarkeit in der Türkei hochgehalten, aber das gilt euch ja alles nichts mehr heutzutage.«

Sedat Sağlams Bleibe lag in einer Siedlung mit renovierten zweistöckigen Häusern. Vom Fenster des oberen Stockwerks hatte man einen schönen Blick auf den Yachthafen und auf einen Park am anderen Ufer.

»Du tust deinem Vater unrecht«, meinte Nermin beim Anblick dieser Aussicht.

»Ich?«, wunderte sich Murat. »Wieso denn?«

»Du solltest den Ort, an dem er seinen Lebensabend verbringen möchte, nicht als Kaff bezeichnen.«

»In Antalya oder Bodrum hätte er es viel schöner und würde zudem mit weniger Geld auskommen. Wie kann er nur diesen kleinen Binnenhafen mit dem Mittelmeer vergleichen?« Er hielt kurz inne und fügte dann hinzu: »Ich mache mir eben Sorgen. Wenn ihm etwas zustößt, müssen wir aus Istanbul anreisen. In der Türkei wäre er in unserer Nähe, und wir könnten uns besser um ihn kümmern.«

Nermin löste ihren Blick vom Fenster und blickte ihren Mann an. »Das Problem ist weder Bergkamen noch dein Vater. Dein Verhältnis zu Deutschland ist das Problem.«

»Was denn für ein Verhältnis? Da gibt es kein Verhältnis.«

»Das ist es ja gerade. Seit wir Deutschland verlassen haben, hast du keinen Fuß mehr hierhergesetzt. Du hast es deinen Kollegen nie verziehen, dass sie dich scheel angeschaut haben, weil ich Kopftuch trage.«

»Ich konnte es einfach nicht ertragen, dass mir die Kollegen, die ich seit der Ausbildung und vom Dienst her kannte, plötzlich so viel Misstrauen entgegenbrachten. Außerdem lebe ich jetzt in Istanbul, und Deutschland hat keine Bedeutung mehr für mich.« Das fügte er rasch hinzu, als wolle er das Thema damit ein für alle Mal vom Tisch wischen. »Komm, gehen wir hinunter, er wartet bestimmt auf uns.«

Tatsächlich saß Sedat bereits vor dampfenden Mokkatassen.

»Sehr hübsch hast du es hier«, meinte Murat. Die Worte seiner Frau waren anscheinend auf fruchtbaren Boden gefallen, denn er versuchte, weniger schroff als vorhin zu klingen.

»Es ist eine dieser alten Bergarbeitersiedlungen und wurde erst kürzlich renoviert. Mein Freund Faruk hat sie entdeckt. Eines Samstags hat er einfach gesagt: ›Komm mit‹, und wir fuhren mit dem Zug hierher. ›Das ist der ideale Ort für passionierte Tavla-Spieler‹, meinte er. So haben wir zwei nebeneinanderliegende Häuser gekauft und den ganzen Tag lang Tavla gespielt.« Ein tiefer Seufzer entfuhr ihm, und mit gebrochener Stimme setzte er hinzu: »Bis vor einer Woche.«

»Wieso? Ist er umgezogen?« frage Nermin.

»Nein, er ist tot. Er wurde umgebracht.« Sedat brach in Tränen aus.

»Umgebracht?«, wunderte sich sein Sohn. »Von wem?«

»Deine Kollegen tappen noch im Dunkeln. Vier Tage lang haben wir nach ihm gesucht. Am Anfang glaubten wir, er sei zu seiner Tochter nach Dortmund gefahren. Aber dort war er nicht, und auch Esme hatte schon seit einer Woche nichts mehr von ihm gehört. Die Polizeibeamten fragten mich, ob er an Demenz oder Alzheimer leide … Aber Faruk war doch kerngesund.« Nach einer Pause fügte er hinzu: »Schließlich hat man ihn in einem Schacht gefunden.«

»War es vielleicht ein Unfall?«, fragte Murat.

»Nein. Jemand hat ihm von hinten auf den Kopf geschlagen.« Sedat wischte sich die Tränen von den Wangen. »Fünfundzwanzig Jahre waren wir zusammen auf dem Bau, seit 1985. Er war Ingenieur und ich Bauführer. Wir waren unzertrennlich.«

Dass sein Vater seinen besten Freund verloren hatte, betrübte Murat, doch er hatte nicht vor, sich in den Fall einzumischen. Er hatte Faruk nicht persönlich gekannt, und die Untersuchung des Mordes oblag der deutschen Kriminalpolizei.

Doch ein paar Tage später änderte er seine Meinung. Es war Mittag, und er fand seinen Vater in Gesellschaft zweier Türken vor. Der eine trug Vollbart, der andere einen Schnauzer. Sobald sie Murat erblickten, unterbrachen sie das Gespräch und erhoben sich. Bevor sie gingen, stellten sie sich ihm zwar vor, doch Murat war so beunruhigt über Sedats aufgewühlte Miene, dass er nicht auf ihre Namen achtete. An der Tür drehte sich der Vollbärtige um und meinte zu Sedat: »Also, wie abgemacht.« Sedat nickte eifrig.

»Wer waren die beiden?«, fragte Murat, als sie weg waren.

»Die sind von einer türkischen religiösen Vereinigung.«

»Und was wollten sie?«

»Sie erklärten mir, der Mord an Faruk sei eine sehr verwickelte Angelegenheit, und ich solle mich da raushalten. Und wenn ich was wüsste, solle ich nicht zur Polizei gehen, sondern zuerst mit ihnen reden und auf ihre Anweisungen warten.«

Als Murat seiner Frau davon erzählte, bestätigte sie seine Befürchtungen und meinte: »Ich finde, du solltest zur Polizei gehen.«

»Und was soll ich sagen? Dass zwei Typen hier waren und meinen Vater unter Druck setzen?«

»Das war kein freundschaftlicher Besuch. Das war eine Warnung. Wenn er sich nicht ruhig verhält, muss er damit rechnen, dass sie ihm etwas antun. Wie konnte sich sein Freund nur mit solchen Leuten einlassen! Die verstehen keinen Spaß.«

Der Kommissar, der den Fall übernommen hatte, hieß Josef Schwarz. Als Murat sich als türkischer Kollege vorstellte, horchte er auf. Der Name Sağlam schien ihm jedoch nichts zu sagen. Umso besser. Murat wollte die Vergangenheit lieber ruhen lassen.

»Wenn Sie sich um Ihren Vater sorgen, kann ich Ihnen sagen, dass er mit Sicherheit nicht in die Sache involviert ist«, erklärte ihm Schwarz.

»Ja, aber warum haben ihn dann die beiden besucht? Aus welchem Grund sollten sie ihm drohen?«

Schwarz zuckte mit den Achseln. »Das Problem ist, wir finden keinen Zugang zu diesen Kreisen. Die funktionieren wie geschlossene Bruderschaften, sie arbeiten nicht mit den Behörden zusammen, und das erschwert die Ermittlungen.« Er machte eine kurze Pause und setzte dann nachdenklich hinzu: »Außer, es hätte etwas mit der Moschee zu tun.«

»Welcher Moschee?«

Schwarz blickte verwundert auf. »Hat Ihnen Ihr Vater nicht erzählt, dass das Opfer, Faruk Ceyhan, eine Moschee bauen wollte?«

»Nein.«

Murat fragte sich, warum ihm sein Vater diese Information vorenthalten hatte. Vielleicht, weil er vor diesen Leuten Angst hatte? So eine Option wollte er sich gar nicht ausmalen.

»Es wäre hilfreich, wenn Sie sich für uns ein wenig umhören könnten«, presste Schwarz mit offensichtlichem Unbehagen hervor. »Mit Ihnen reden sie ja vielleicht, weil Sie Türke sind. Sie sollten nur nicht mitkriegen, dass Sie Kontakt zu uns haben.«

Nach einer kurzen Pause fügte er hinzu: »Tun Sie es Ihrem Vater zuliebe. Er hat seinen besten Freund verloren.«

»Ich weiß nicht, ich muss mir das überlegen«, entgegnete Murat und erhob sich. An der Tür blieb er kurz stehen. »Wie komme ich zum Tatort?«

»Eigentlich ist es nur die Fundstelle der Leiche, die Tat wurde woanders begangen«, antwortete Schwarz. »Ich gebe Ihnen die Adresse. Die Stadt ist überschaubar, und Sie werden den Ort leicht finden.«

»Ich habe dir nichts davon erzählt, weil ich es nicht ernst genommen habe«, entgegnete Sedat, als ihn sein Sohn nach der Moschee fragte. »Faruk hat immer wieder mal eine verrückte Idee ausgebrütet. So auch mit der Moschee. Eines Morgens kam er zu unserem Tavla-Treffpunkt, und während ich die Steine aufstellte, erklärte er mir, er habe vor, eine Moschee zu bauen.«

»Mit wem wollte er sie bauen?«

»Allein. Und das war auch das Seltsame an der Sache. Faruk war überhaupt nicht religiös. Als ich ihn fragte, wie er denn auf die Idee gekommen sei, meinte er, er habe in seinem Leben schon alles Mögliche gebaut, aber nie eine Moschee. ›Außerdem‹, sagte er, ›werden hier alle Moscheen von religiösen Vereinigungen kontrolliert. Es sollte auch eine Moschee für diejenigen geben, die ihr Gebet verrichten wollen, ohne einer solchen Organisation anzugehören.‹ Damals habe ich seinen Worten keine große Bedeutung zugemessen. Ich dachte, das Rentnerdasein langweile ihn und er brauche eine sinnvolle Beschäftigung.«

»Wie oft haben dich diese Typen schon besucht?«

»Zweimal. Beim ersten Mal haben sie mir erzählt, es sei ein Unfall gewesen. Faruk habe den Schachteingang übersehen, sei ausgeglitten und hineingestürzt. Dieselbe Erklärung war ja anfänglich auch von der Polizei zu hören. Später erst kamen sie zu dem Schluss, er sei ermordet worden. Deshalb sind sie gestern wiedergekommen, um meinem Besuch bei der Polizei zuvorzukommen, falls mir doch noch etwas einfiele.«

»Hast du ein Foto von Faruk?«

Die Aufnahme, die ihm sein Vater überreichte, zeigte einen Mann, der jünger war als Sedat, mittelgroß, mit Hut, Lederjacke und gepflegtem Bart. Bis auf sein gelocktes schwarzes Haar verriet nichts seine türkische Herkunft.

›Was hatte dieser Mann bloß mit Moscheen am Hut?‹, fragte sich Murat. Doch dann dachte er an Nermin, die als Informatikerin mit Kopftuch mehr

Geld nach Hause brachte als er. Da zog er es vor, die Frage lieber auf sich beruhen zu lassen.

»Kann ich das Foto ein paar Tage behalten?«

»Solange du willst.«

»Und mach den beiden Typen nicht auf, falls sie noch einmal aufkreuzen.«

Murat hatte zunächst daran gedacht, seinen Vater zur Leichenfundstelle mitzunehmen, doch dann überlegte er es sich anders. Diese Typen hatten bestimmt spitzgekriegt, dass er Polizeibeamter war. Wenn man sie zusammen am Schacht sah, brachte er seinen Vater möglicherweise in Gefahr.

Er bat Nermin, ihn zu begleiten, da sie einen besseren Orientierungssinn hatte als er und die Stelle schneller finden würde. Trotzdem hatten sie sich bald schon heillos verirrt. Der Schacht lag versteckt am Rande einer ruhigen, dichtbewachsenen Gegend. Früher musste hier eine Industriezone gelegen haben. Dahinter erstreckte sich die Autobahn nach Bergkamen, wo der Förderturm der ehemaligen Zeche Monopol in den Himmel ragte.

Murat fingerte nach seinem Handy und tippte eine Nummer. »Sag mal, Papa, wo wollte Faruk denn die Moschee bauen?« Er lauschte der Antwort und meinte dann zu Nermin: »Faruk stand in Verhandlungen über genau dieses Gelände für den Moscheebau. Offenbar wollten seine Mörder der türkischen Bevölkerung zeigen, was mit Landsleuten passiert, die ohne ihre Billigung handeln.«

Dieser Gedanke versetzte Murat in große Unruhe. Religiöse Fanatiker waren zwar durchaus bereit zu töten, doch solche Exempel wurden sonst eher in Kreisen des organisierten Verbrechens statuiert. Falls sich herausstellte, dass der Mord an Faruk mit Baugrundstücken zu tun hatte, hieß das möglicherweise, dass sein Vater weniger von Islamisten als von der türkischen Mafia bedroht wurde.

Seine Besorgnis war so groß, dass er gleich nach seiner Ankunft in Sedats Haus Kommissar Schwarz anrief.

»Wir haben auch schon daran gedacht, aber es scheint etwas weit hergeholt«, beruhigte ihn der deutsche Kommissar. »Eine akute Gefährdung Ihres Vaters halte ich für unwahrscheinlich.« Nach einer kurzen Pause fügte Schwarz ein wenig betreten hinzu: »Der Mord geht auf das Konto Ihrer Landsleute.«

›Aha, meine Landsleute‹, dachte Murat. Wie oft hatte er diesen Ausdruck gehört, als er noch bei der deutschen Polizei arbeitete! »Na, was haben deine Landleute wieder ausgeheckt?« Das war einer der Gründe gewesen, weshalb er seinen Job gekündigt und Deutschland verlassen hatte. Und nun war noch immer alles beim Alten, selbst nach so vielen Jahren.

In den folgenden Tagen musste er allerdings feststellen, dass sich auch bei den Türken kaum etwas verändert hatte. Sie waren Fremden gegenüber verschlossen und misstrauisch, selbst wenn sie gleicher Herkunft waren und derselben Religion anhingen. Eine ganze Woche verbrachte er damit, durch Bergkamen zu streifen und diverse türkische Läden und Cafés aufzusuchen. Doch stets erhielt er dieselben gleichlautenden Antworten.

»Ich hab gehört, dass er umgebracht wurde, aber ich kannte ihn nicht näher. Allah möge seiner Seele ewige Ruhe schenken.« Immer wenn Murat dann das Gespräch auf den von Faruk geplanten Moscheebau lenkte, wurde die Mauer des Schweigens undurchdringlich. »Ich höre einfach nicht hin und kümmere mich nur um meine Angelegenheiten«, wimmelte ihn ein junger Mann ab, der ein Geschäft mit türkischen Waren in einer kleinen Weddinghofener Straße führte.

Als Murat seinem deutschen Kollegen davon erzählte, lachte Schwarz auf. »Verstehen Sie jetzt? Nicht einmal mit Ihnen wollen sie reden. Wie dann erst mit uns!« Dann ergänzte er, als müsste er sein schlechtes Gewissen beruhigen: »Stellen Sie Ihre Nachforschungen ruhig ein. Es hat wenig Sinn, und außerdem möchte ich Sie nicht in Ihrem Urlaub damit behelligen.«

Murat hätte auch wirklich von weiteren Schritten abgesehen, wäre nicht von Nermin eines Tages ein interessanter Hinweis gekommen. »In Rünthe gibt es ein Café in einer Seitengasse der Rünther Straße. Der Wirt könnte etwas wissen, und er ist bereit, mit dir zu sprechen.«

Murat reagierte ungehalten, mehr aus Angst denn aus Ärger. »Was? Hinter meinem Rücken mischst du dich in die Sache ein?«, schimpfte er. »Ich habe gar nicht mitgekriegt, dass du seit neuestem bei der Polizei bist.«

»Schrei mich nicht so an«, entgegnete Nermin gereizt. »Ich war auf der Suche nach einer Bluse, und als ich zahlen wollte, flüsterte mir die Kassiererin zu, ich solle meinem Mann sagen, Suat würde mit ihm reden. Und sie gab mir die Adresse. Das ist alles. Der Name der jungen Frau ist Selma.«

Murat fand das Café Boncuk auf Anhieb. Es machte einen ruhigen und gepflegten Eindruck. Eine fünfköpfige Männergruppe beugte sich über eine türkische Zeitung und diskutierte lautstark. Zwei ältere Männer saßen am Fenster und betrachteten den spärlichen Verkehr. Die übrigen Tische waren leer. Murat nahm in der Mitte des Cafés Platz. Mit Absicht hatte er eine Tageszeit gewählt, zu der nur mit wenigen Gästen zu rechnen war.

Ein Mann Mitte dreißig kam auf ihn zu. Murat bestellte einen doppelten Espresso, und als der Kellner sich gerade wieder entfernen wollte, flüsterte er ihm zu: »Selma schickt mich.«

Der Kellner entfernte sich wortlos. Murat bemerkte, wie die um die Zeitung sitzenden Männer ihr Gespräch unterbrachen und zu ihm herüberblickten. Er war sicher, dass sie gleich nur noch flüstern würden, und er behielt recht.

»Entschuldigen Sie, mir ist der Kaffee ein wenig übergeschwappt, deshalb habe ich ihnen eine kleine Serviette dazugelegt, damit Sie sich nicht bekleckern«, meinte der Kellner, stellte den Espresso ab und kehrte zum Tresen zurück.

Murat maß dem Vorfall keine Bedeutung bei, doch als er den ersten Schluck trinken wollte, bemerkte er, dass auf der Papierserviette etwas in türkischer Sprache notiert war. Er führte die Tasse an seine Lippen – die Männergruppe diskutierte inzwischen wieder eifrig – und steckte das Stück Papier rasch in die Jackentasche. Überrascht stellte er fest, dass auf der Untertasse noch eine weitere unberührte Serviette lag. Er lächelte über Suats Einfallsreichtum, doch wurde dadurch auch ersichtlich, wie viel Angst herrschen musste.

Als er in seinen Wagen stieg, las er Suats hastig hingekritzelte Nachricht: *Morgen früh um acht im Naturpark am Ostufer des Beversees.«*

Diesmal musste Murat nicht lange suchen, denn der Naturpark war eine bekannte Sehenswürdigkeit der Stadt. Seinen Wagen stellte er nicht auf dem Parkplatz des Yachthafens, sondern in einer Seitenstraße ab. Er betrat das Gelände durch den Eingang am Kanal und spazierte auf den See zu. Schon von weitem sah er Suat ungeduldig auf und ab gehen.

»Tut mir leid, dass ich Sie so früh herbestellt habe, aber um diese Uhrzeit sind wir hier ungestört.« Sie schlenderten am Seeufer entlang. »Der Freund Ihres Vaters hat sich hier auf Dinge eingelassen, von denen er nichts verstand«, meinte Suat. »Er kannte die Stadt nicht, er hatte keine Ahnung davon, dass ohne die Erlaubnis der religiösen Vereinigungen gar nichts läuft. Er meinte, er würde mit seinem Vorhaben etwas Gutes bewirken. Doch Gutgläubigkeit kann einen manchmal geradewegs vom Leben in den Tod befördern.«

»Egal, ob man ein Haus errichtet oder eine Moschee, man braucht einen Baugrund, Baupläne und Arbeitskräfte. Also muss er Verhandlungen aufgenommen haben.«

»Das hatte er auch. Nur eines war ihm entgangen: Alle, mit denen er sprach, haben es brühwarm den Vereinigungen weitererzählt, um ihre Ruhe zu haben. Der Freund Ihres Vaters hatte einen türkischen Namen, aber im Grunde war er ein Deutscher.«

»Wie meinen Sie das?«, fragte Murat.

»Faruk glaubte, dass man in Deutschland mit Geld und einer Baugenehmigung frei und ungehindert bauen könne. Das stimmt zwar, aber nur für die Deutschen und nicht für die Immigranten, die ihre eigenen Gesetze haben. Doch er hat sich von den Warnungen und Drohungen nicht einschüchtern lassen.«

»Wer könnte ihn umgebracht haben?«, fragte Murat. »Haben Sie eine Ahnung?«

»Wissen Sie, hier gibt es keine Mafia. Daher haben wir hier auch keine Auftragskiller. Doch es findet sich immer irgendein verrückter Fanatiker, der meint, als Mörder könne man zum Märtyrer werden.«

»Es war aber sicher kein Einzeltäter. Faruk wurde erst umgebracht und dann zum Schacht gefahren. Das schafft keine einzelne Person.«

Suat zuckte die Schultern. »Keine Ahnung. Vielleicht gab es Unterstützung von auswärts.«

»Jedenfalls danke ich Ihnen für Ihre Hilfe. Sie

haben als Einziger den Mut aufgebracht, mit mir zu sprechen«, sagte Murat abschließend, da er von Suat wohl nichts Neues mehr erfahren würde.

»Ich war Ihnen etwas schuldig.«

»Etwas schuldig? Mir?« Murat fiel aus allen Wolken.

»Als Sie in Esslingen bei der Polizei waren, wurde einmal eine Gruppe Deutscher und Türken festgenommen, die ein altes Ehepaar an einer Bushaltestelle überfallen hatten. Unter ihnen war ein gewisser Metin Peker. Ihnen war der Nachweis zu verdanken, dass er sich nicht an dem Raubüberfall beteiligt hatte, sondern rein zufällig am Tatort war. Metin Peker ist mein Bruder.«

»Und was macht Ihr Bruder jetzt?«, fragte Murat, auch um seine Genugtuung zu verbergen, dass seine Arbeit bei der deutschen Polizei doch nicht ganz umsonst gewesen war.

»Er hat eine Ausbildung zum Automechaniker gemacht und arbeitet jetzt in einer Werkstatt.« Suat streckte ihm die Hand hin. »Schön, dass ich mich revanchieren konnte. Wer weiß, was aus Metin geworden wäre, wenn er im Gefängnis gelandet wäre.«

Er ließ Murats Hand los und ging auf den Nordausgang zu. Nach ein paar Schritten blieb er stehen und blickte Murat noch einmal zögernd an. »Ich sage Ihnen noch etwas, aber am besten vergessen Sie es ganz schnell wieder«, meinte er schließlich. »Wer hier unter den Türken das Sagen hat, ist ein gewisser Erol Kutluyol. Ohne seine Zustimmung läuft gar nichts. Alle haben großen Respekt und zugleich eine Heidenangst vor ihm. Denn er kann dich fertigmachen, aber er gibt dir auch Kredit, wenn du einen Laden eröffnen oder ein Haus kaufen willst. Alles, was unter den Türken dieser Stadt läuft, liegt in Erols Hand.«

»Was macht dieser Erol geschäftlich?«

»Er hat eine Spedition. Alle Transporte zwischen der Türkei und hier bündeln sich bei ihm. Böse Zungen behaupten, er sei bloß ein Strohmann. Das sagt man vielleicht, weil er nicht nur Türken beschäftigt, sondern auch Deutsche, vor allem als Lkw-Fahrer. Eins ist jedenfalls sicher: Er ist tiefgläubig.«

Murat beschloss, Suats Aussage an Schwarz weiterzuleiten. Der hörte ihm stumm zu und wiegte nur ab und zu mit dem Kopf, bis der Name von Erol Kutluyol fiel. Das hatte sich Murat, ganz wie Suat, als allerletzten Trumpf aufgehoben.

»Kutluyol?«, fuhr Schwarz auf. »Das ist ja interessant.«

»Wieso?«

»Kutluyol arbeitet mit der deutschen rechtsextremen Szene zusammen. Unseres Wissens stammt ein Teil seines Firmenvermögens aus diesen Kreisen.«

»Und er beschäftigt deutsche Lkw-Fahrer«, ergänzte Murat. »Denken Sie daran, dass das Opfer zum Tatort hingefahren wurde.«

»Glauben Sie, das waren Deutsche? Wieso sollten die so etwas tun? Was hätten sie davon?«

»Die Rechtsextremen wollen keine Moscheen in Deutschland, genauso wenig wie Kutluyol Moscheen gutheißt, die sich seiner Kontrolle entziehen.«

Und ganz unverhofft, als käme ihm der Gedanke zum ersten Mal, drängte sich Murat die Frage auf die Lippen: »Sagen Sie, haben Sie vielleicht Reifenspuren in der Nähe des Schachts gefunden?«

»Nein, das nicht, aber Spuren von Rollen, die von einem Stapler stammen könnten. Wir haben damals nicht speziell darauf geachtet, da wir annahmen, das Gerät sei vom Opfer benutzt worden.«

»Damit hat man den Toten zum Schacht befördert. Sie haben ihn mit dem Wagen bis zum Ende der Asphaltstraße gebracht, um keine Spuren zu hinterlassen, und anschließend mit dem Stapler bis zum Schacht transportiert. Wenn Sie Kutluyols Lagerhallen durchsuchen lassen, findet man das Gerät möglicherweise.«

»Nun, wer hat ihn schließlich getötet? War es Kutluyols Schlägertrupp, der alle hiesigen Türken terrorisiert?«, fragte Nermin ihren Mann.

Sie waren unterwegs nach Düsseldorf, von wo sie nach Istanbul zurückfliegen würden.

»Nein, die hat Erol außen vor gelassen. Einer seiner Bauführer hat ihn in der Lagerhalle, gleich hinter den Büros, umgebracht. Er hatte ihn unter dem Vorwand eines günstigen Angebots für Baumaterialien hingelockt, dann hat er ihn von hinten mit einem Hammer erschlagen. Anschließend hat er sich und den Toten von einem deutschen Fahrer zum Gelände bringen lassen. Mit einem Handhubwagen wurde Faruk dann zum Eingang des Schachts verfrachtet.«

»Und was hat Kutluyol mit alldem zu schaffen?«

»Schwarz meint, Faruk sei auf seine Anweisung hin getötet worden. Aber das ist schwer zu beweisen, da der Täter den Mund hält und behauptet, er habe aus eigenem Antrieb gehandelt.«

»Vielleicht redet der Deutsche.«

»Der hat von Kutluyols wahren Absichten keine Ahnung. Den hat Süleyman, der Täter, mit dem

Argument geködert, eine weitere Moschee müsse verhindert werden.«

»Und warum deckt Süleyman Kutluyol?«

»Weil der ihm offensichtlich versprochen hat, für seine Familie zu sorgen, während er im Gefängnis sitzt. Wer sollte sonst für drei kleine Kinder aufkommen? Und für seine Frau, die Kopftuchträgerin, die keinen Schritt vor die Tür setzt?«

»Was hat denn das eine mit dem anderen zu tun?«, reagierte Nermin empört. »Ich trage auch Kopftuch, aber ich verdiene besser als du!«

Murat lachte auf. »Verwunderlich ist nicht, dass du besser als ich verdienst.«

»Sondern?«

»Dass du Kopftuch trägst.«

Nermin hüllte sich in Schweigen. Nach und nach tauchten am Rande der Autobahn die ersten Vororte von Düsseldorf auf.

Drei Tage

Montag, 5. September 1955

Was hältst du von Pelamiden zum Abendessen?«, fragte Vassilis.

Sotiria lehnte rundheraus ab.

»Das ist jetzt nicht die Jahreszeit. Bis Mitte September bestehen sie nur aus Haut und Knochen, und auf dem Grill werden sie staubtrocken.«

Vassilis hatte große Lust auf Pelamiden in der Pfanne, aber er musste Sotiria recht geben.

Offenbar merkte sie, dass er gerade angestrengt nach Alternativen suchte, denn sie sagte: »Um diese Jahreszeit sind nur Thunmakrelen und Blaubarsch genießbar.«

»Dann kaufe ich Blaubarsch«, schloss Vassilis. »Im September sind sowohl normale Makrelen als auch Thunmakrelen viel zu fett.«

Normalerweise hätte ihm das Fett der Makrelen genauso wenig ausgemacht wie sein eigenes Übergewicht, doch die Bluntuntersuchungen, die er zu

Sommerbeginn nach jahrelangem Drängen Sotirias gemacht hatte, zeigten erhöhte Cholesterinwerte und einen Transaminasenanstieg. Er selbst sah das Ganze nicht so tragisch, aber er wollte Sotiria zeigen, dass er ihre Sorgen ernst nahm. Gleichzeitig wollte er ihrem Genörgel und ihrer Vorliebe für fettarme Schonkost zuvorkommen.

Er hielt beim Fischladen des Viertels an und bat Erol, den Fischer, vier schöne Blaubarsche bei seiner Frau zu Hause abzuliefern.

»Dafür hab ich kein Personal. Deine Frau soll sie selbst abholen.«

Erols Ton überraschte Vassilis. Er war sonst immer sehr freundlich und den Stammkunden gegenüber fast unterwürfig. Vassilis maß diesem Verhalten jedoch keine weitere Bedeutung bei.

›Er wird mit dem falschen Fuß aufgestanden sein. Er muss erst seine Frau verprügeln und Dampf ablassen‹, dachte er.

»Kannst du einen Laufburschen finden, der uns den Fisch nach Hause bringt?«, fragte er Erol und gab ihm für seine Mühe fünfzig Kurusch mehr, die der Fischer mit finsterem Gesichtsausdruck und ohne ein Dankeswort einsteckte.

Vassilis Samartsis' Tuchhandlung lag an der Ecke der Chatsopoulos-Einkaufspassage in Pera. Vassilis ging stets zu Fuß zu seinem Laden. Dabei kam er am griechischen Konsulat vorbei und bog beim Sografion-Lyzeum nach Galatasaray ab.

Vor dem Konsulat standen zwei Streifenwagen. Die verstärkte Polizeipräsenz überraschte ihn. Er versuchte sich zu erinnern, ob sie schon gestern Abend dort gestanden hatten. Nein, da war nur der übliche Wachsoldat gewesen mit seiner halb gelangweilten, halb verdrießlichen Miene. Vermutlich hatte man die Bewachung des Konsulats über Nacht verstärkt.

Er musste sich zurückhalten, um nicht vor dem Eingang stehen zu bleiben und die Polizisten zu zählen. Stattdessen setzte er, den Blick stur geradeaus auf die Hofmauer des Sografion-Lyzeums gerichtet, seinen Weg fort. Wenn er sich von seiner Neugier hinreißen ließ, würde ihn die Polizei vielleicht fotografieren und daraufhin beschatten. Ihm fiel der Ratschlag ein, den ihm Chaim, sein jüdischer Freund, gegeben hatte, der ihm Garne, Saumbänder und Mantelfutter lieferte.

»Augen zu, Ohren zu, Vassilis«, sagte er immer. »Am besten legst du dir auf der Straße Scheuklappen an und schaust wie ein Pferd immer nur stur geradeaus.«

Vorsicht ist die Mutter der Porzellankiste. Das war die Devise der Juden, womit es ihnen meistens gelang, ihr gutes Porzellan zu retten.

Er stieg eine Gasse hinauf und bog dann zum griechischen Lyzeum ab. Die Tore waren geschlossen, und alles schien ruhig. Nirgends waren Wachposten zu sehen, auch keine Schaulustigen, die schnell mal Steine zur Hand hatten. Das beruhigte ihn ein wenig. Sollten die Störenfriede etwas im Schilde führen, würde die Polizei bestimmt das Sografion-Lyzeum bewachen. Vermutlich hatte man den Schutz des griechischen Konsulats nur deshalb verstärkt, weil es eine diplomatische Vertretung war.

Seufzend warf er noch einen letzten Blick auf das Sografion-Lyzeum und ging dann weiter. Es war Anfang September, und in ein paar Tagen fing die Schule wieder an.

›Der Sommer ist vorbei‹, dachte er erleichtert. In seinem ganzen Leben hatte er keinen schlimmeren Sommer erlebt.

Im Winter lebten Vassilis und Sotiria in ihrer Wohnung in Cihangir, und in den Sommermonaten mieteten sie immer dasselbe Haus auf Prinkipos beziehungsweise Büyükada, der größten der Prinzeninseln. Doch da Vassilis' Tuchhandlung nicht mehr gutlief, hatten sie dieses Jahr auf Ferien verzichten müssen und waren in Istanbul geblieben.

»Macht nichts, bestimmt haben wir schon bald

das Gröbste überstanden.« Obwohl er diese Meinung im Brustton der Überzeugung kundtat, blieb Sotiria, die seine blinde Zuversicht immer wieder bitter bezahlt hatte, lieber vorsichtig.

Sein unheilbarer Optimismus hatte ihn dazu verführt, sich auf neue Dinge einzulassen. Nachdem Adnan Menderes und die Demokratische Partei 1950 die ersten freien Wahlen gewonnen hatten, freute er sich wie ein kleines Kind.

»Endlich! Der Schurke, der uns so verachtet und als Zitronenverkäufer beschimpft, ist weg vom Fenster!«, rief er und meinte damit Ismet Inönü, den Vorsitzenden der kemalistischen Republikanischen Volkspartei.

Vergeblich warnte ihn sein Vater, seine Begeisterung im Zaum zu halten.

»Wenn sich ein alter Mann in eine junge Frau verliebt, zahlt er am Schluss drauf«, sagte er und rief ihm die Geschichte seines Großvaters in Erinnerung.

Als die Entente-Mächte in Istanbul einmarschierten, verließ Prodromos Samartsis, Vassilis' Großvater, seine Tuchhandlung in der Chatsopoulos-Passage, um der Entente seine Dienste anzubieten. Denn er glaubte, mit ihrer Hilfe würden die Griechen Konstantinopel, wie sie Istanbul nannten, zurückerobern. Er stieg zu einem bedeutenden Würdenträger auf, eine Zeitlang war er sogar die rechte Hand John de Robecks, des britischen Hochkommissars in der Türkei. Als schließlich die Verhandlungen zwischen den Entente-Mächten und dem kemalistischen Regime begannen, wollten die Kemal-Anhänger nichts mehr von den Griechen und Armeniern wissen, die mit der Entente zusammengearbeitet hatten. Sie betrachteten sie als Verräter und schlugen den Briten und Franzosen vor, sie bei ihrem Abzug gleich mitzunehmen, sonst drohe ihnen der Prozess wegen Hochverrats und anschließend der Tod durch den Strang. Prodromos stand auf der Fahndungsliste der Kemalisten ganz oben.

Die Gastmähler bei den Metropoliten der heiligen Synode und die Tanzabende des Hochkommissariats wurden aufgrund der herrschenden Angst und Unsicherheit nicht mehr besucht. Eines Morgens ging Prodromos aus dem Haus und kam nicht wieder. Seine Frau Eleni und Vassilis' Vater Savvas befürchteten anfänglich das Schlimmste – nämlich, dass ihn die Kemalisten gefangen genommen hätten. Sie klapperten die Polizeireviere ab, konnten ihn jedoch nicht ausfindig machen. Sein Name sagte keinem etwas.

»Er ist einfach nach Griechenland abgehauen

und lässt euch hier sitzen«, meinte ein türkischer Bulle, Kommissar im Polizeipräsidium.

Doch für Eleni war undenkbar, dass sich Prodromos einfach aus dem Staub gemacht hatte, weshalb sie weiter nach ihm suchte. Sie lief zum britischen Hochkommissariat, wurde beim Führungszirkel der Entente vorstellig, suchte um eine Audienz beim Patriarchen an ... Überall stieß sie auf dieselben betretenen und ratlosen Gesichter. Als es nach über zwei Wochen noch immer kein Lebenszeichen von Prodromos gab, kam die Gerüchteküche in Gang. Zunächst hieß es, das Hochkommissariat habe ihm die Flucht ermöglicht. Doch die Sache werde geheim gehalten, da seine Familie in Gefahr sei, wenn die Briten einen osmanischen Staatsangehörigen außer Landes gebracht hätten. Doch um das Verschwinden eines so wichtigen Vertreters der Istanbuler Griechen zu erklären, reichte ein einziges Gerücht natürlich nicht aus. Kurz darauf gesellte sich ein zweites dazu, das von einem angeblichen Verhältnis mit einer englischen Sekretärin am Hochkommissariat sprach. Nach und nach setzte sich das zweite Gerücht durch, das von einem weiteren Ereignis bestärkt wurde: Als Savvas die Vermögenssituation des Vaters klären wollte, musste er feststellen, dass Prodromos Samartsis bis auf den Laden in der Chatsopoulos-Passage und ein weiteres Geschäft in Galata alle Immobilien verkauft hatte. Es stellte sich also die Frage: Wozu sollte Prodromos so viele Immobilien verkaufen, wenn er nicht vorhatte, anderswo ein neues Leben anzufangen?

Die fruchtlosen Nachforschungen und vor allem die Gerüchte über die englische Sekretärin trieben Eleni zur Verzweiflung. Sie schloss sich in ihrem Haus in Mega Revma ein, verriegelte die Fensterläden und verbot der Familie, Prodromos' Namen in den Mund zu nehmen.

Die ganze Verantwortung lastete nun auf den Schultern des erst 28-jährigen Savvas. Er verkaufte das Geschäft in Galata und behielt nur den Laden in der Chatsopoulos-Passage – die älteste und kleinste Filiale. Dann setzte er alles daran, den schlechten Ruf seines Vaters bei den Türken wiedergutzumachen. Er distanzierte sich vom Patriarchat und von den »Pfaffen«, wie er sagte, sorgte dafür, dass sein Sohn einwandfrei Türkisch lernte, und schickte ihn nicht an die »Große Schule der Nation« des Patriarchats oder ans Sografion-Lyzeum, sondern ans französische Saint-Joseph-Lyzeum. Seine Tochter Anna besuchte die Klosterschule Notre Dame de Sion, heiratete später einen französischen Ingenieur und lebte mittlerweile in Marseille.

Die Familie hatte sich zwar nicht »türkisiert«,

wie die bösen Zungen unter den Griechen behaupteten, aber sie hielt sich von der griechischen Gemeinde und Kirche fern. Mit der Zeit geriet Prodromos in Vergessenheit, und Savvas fand seine Ruhe wieder.

Trotz der Ermahnungen des Vaters und trotz seiner Distanz zum Schicksal der Istanbuler Griechen glühte in Vassilis – wie in jedem Griechen – der Hass auf Inönü und dessen Republikanische Volkspartei. Daher war seine Begeisterung über den Sieg der Demokratischen Partei bei den Wahlen so groß. Vassilis übernahm das Geschäft des Vaters in der Chatsopoulos-Passage und richtete dort zusätzlich eine Schneiderei ein. Er stellte Karnik, einen Armenier, an, der über seinen Schneiderlohn hinaus auch einen Gewinnanteil bekam.

»Warum nur Stoffe verkaufen und anderen das Schneidern überlassen?«, rechtfertigte er sich seinem Vater gegenüber, der solche Neuheiten mit großem Argwohn verfolgte.

»In der Türkei kannst du alles von einem Tag auf den anderen verlieren«, sagte er zu seinem Sohn, doch der wollte nicht auf ihn hören. Er hielt seinen Vater für einen der typischen konservativen Istanbuler Griechen, die Angst vor ihrem eigenen Schatten hatten.

Die ersten Jahre schienen Vassilis zu bestätigen.

Die Geschäfte liefen wie geschmiert, die Zeiten waren gut, und die Leute gaben ihr Geld für gutes Essen und gute Kleidung aus. Die Kundschaft wuchs, und die Ferienorte am Bosporus und auf den Prinzeninseln waren überlaufen. Vassilis hatte also im richtigen Moment investiert und konnte mit sich und seiner, wie er fand, genialen Entscheidung zufrieden sein. Der geschäftliche Erfolg und das damit einhergehende neue Selbstvertrauen führten zum Kauf der Wohnung in Cihangir.

Savvas starb früh an einem Schlaganfall. Die Aktivitäten seines Sohnes hatte er stets mit gemischten Gefühlen verfolgt. Einerseits hatte er sich über Vassilis' Erfolg gefreut, andererseits konnte er die böse Vorahnung nicht unterdrücken, die ihn Tag für Tag heimsuchte und die sich schließlich – zum Glück nicht mehr zu seinen Lebzeiten – bewahrheitete.

Historische Zyklen enden entweder mit großen Freudentagen oder mit großen Tragödien. 1952 war es ein großer Freudentag, ausgelöst durch den Besuch des griechischen Königspaars in der Türkei. Die Ankündigung des Staatsbesuchs von König Pavlos I. und Königin Friederike hatte bei den Istanbuler Griechen zunächst Panik ausgelöst. Wie sollten sie sich, nach allem, was sie durchgemacht hatten, verhalten? Sollten sie auf die Straßen gehen und jubeln? Oder sich in ihren Häusern einschließen? Oder sollten sie sich gleichgültig geben, um im Nachhinein nicht wieder büßen zu müssen?

Das Dilemma löste sich von allein, als das türkische Erziehungsministerium die Anweisung gab, dass die Istanbuler Schulen, darunter auch die griechischen, am Empfang der Staatsgäste teilnehmen sollten. Da fassten die Griechen Mut und wagten sich mit griechischen und türkischen Fähnchen auf die Straße. Die Begeisterung war so groß und die Hoch- und Jubelrufe so laut, dass König Pavlos fast das Monokel aus dem Auge gefallen wäre. Königin Friederike machte mit ihrer Entourage einen Ausflug nach Pera und besuchte die Geschäfte der Griechen, die sie auf den Gehsteigen mit einem »Auch zu uns, Majestät, auch zu uns!« einluden. Vassilis hatte dafür nur Spott übrig, es kam ihm vor, als würden sie wie auf dem Kapalı Çarşı, dem Großen Basar, Kunden keilen. Er war einer der wenigen, die nicht nach draußen eilten, weil er von seinem Vater gelernt hatte, seinen Enthusiasmus für das »Hellenentum« zu zügeln.

Schließlich trat Königin Friederike in Chorosoglous Braut- und Hochzeitsmodengeschäft, das ein paar Schritte von der katholischen Sankt-Antonius-Basilika entfernt und direkt gegenüber der griechisch-orthodoxen Marienkirche von Pera lag. Sie tat ihm sogar den Gefallen, sich mit ihm vor einem Brautkleid und zwei Brautkränzen fotografieren zu lassen. Als das königliche Paar aus Istanbul abreiste, ließ Chorosoglou die Aufnahme vergrößern und hängte sie in seinem Geschäft auf, flankiert von einer griechischen und einer türkischen Fahne. Darunter brachte er die Bildlegende an: *Unsere Herrscherin in unserem Laden.*

Das war das letzte Hochgefühl, das den in Istanbul lebenden Griechen zuteil wurde. Im darauffolgenden Jahr spitzte sich der Zypernkonflikt zu. Anfangs wurde die Sache von offizieller Seite mit einer verdächtigen Lässigkeit behandelt, was den Griechen Sand in die Augen streute.

»Sollen die sich doch gegenseitig die Augen auskratzen«, meinten sie zur Lage der Zyprioten und zuckten gleichgültig mit den Schultern.

Die Tatsache, dass die Zyprioten zu den Waffen gegriffen hatten, reichte aus, um sie stillschweigend zu verurteilen. Die »Kleinasiatische Katastrophe« von 1922, als die Griechen – trotz Beistand der Entente – den Krieg gegen die Türken verloren und ihren Traum von einem Großgriechenland begraben mussten, hatte dazu geführt, dass die griechische Bevölkerung der Türkei eine instinktive Abneigung gegen Waffengewalt, Rebellentum und alle selbsternannten »starken Männer« hegte. Darüber hinaus war ihnen unverständlich, wieso die Zyprioten das Schlaraffenland der britischen Herrschaft gegen die miserable Lösung einer Vereinigung mit Griechenland eintauschen wollten.

Vassilis hatte noch einen Grund mehr, misstrauisch zu sein. Areti, eine Cousine seiner Mutter, lebte mit ihrem Mann – einem Malteser und somit britischem Staatsbürger – seit 1943 in Larnaka. Aretis Briefen an Vassilis' Mutter konnte man entnehmen, was für ein Schrecken auf Zypern herrschte und wie brutal die zypriotische Befreiungsbewegung EOKA nicht nur gegen die Briten vorging: Unschuldige wurden getötet, Häuser niedergebrannt und den Leuten der Besitz geraubt.

»Verflucht sollen sie sein!«, schimpfte Sofia, seine Mutter. »Wozu die alten Wunden aufreißen? Was bezwecken sie damit? Haben die sonst keine Probleme?«

Die Istanbuler Griechen taten zwar vordergründig so, als ginge sie das alles nichts an, doch sie spürten, dass Unheil drohte, und hatten Angst.

»Immer, wenn irgendwo auf der Welt Griechen etwas anstellen, kriegen wir die Rechnung präsentiert«, sagte Vassilis resigniert, und diesmal behielt er recht.

Eines Morgens las er, auf dem Weg zu seinem

Geschäft, die Schlagzeile der *Hürriyet*: Die türkischen Zyprioten forderten eine Teilung der Insel, da sie ihr eigenes Territorium beanspruchten.

Waren die Türken so dumm, Großbritannien vor den Kopf zu stoßen und sich an die Seite des gebeutelten Griechenland zu stellen? Vassilis gab sich gleich selbst die Antwort: Nein, bestimmt nicht. Solchen Unsinn konnten sich nur Pfaffen wie Makarios ausdenken.

Immer wenn es brenzlig wurde, fiel ihm sein Großvater ein, der damals schon wie er der Meinung gewesen war: Die Pfaffen und die Führungselite der griechisch-orthodoxen Kirche, das Ökumenische Patriarchat von Konstantinopel, waren an allem schuld.

Über drei Monate lang versuchte er, nicht auf die Schlagzeilen der Presse zu achten, obwohl sie ihn magisch anzogen. Chorosoglou nahm die Fotografie der »Herrscherin« ab und hängte stattdessen die Porträts von Staatspräsident Celal Bayar und Ministerpräsident Adnan Menderes auf. Dazwischen spannte er eine Schnur, an der er eine türkische Fahne anbrachte.

»Die Angst ist ein schlechter Ratgeber«, bemerkte Vassilis bitter, als er die Veränderung sah.

»O nein«, korrigierte ihn Chorosoglou. »Die Fahne und die Porträts deiner Feinde beschützen dich. Die Bilder derjenigen, die du liebst, hängst du bei dir zu Hause auf, wo es niemand sieht.«

Da Politik und Wirtschaft immer Hand in Hand gehen, reagierte die Wirtschaft, sobald sich die politische Situation verschlechterte. Die Regierung Menderes hatte zunächst alle Handelsschranken aufgehoben, und es war zu einem kurzfristigen Wirtschaftsaufschwung gekommen. Alle begannen von einem »Wunder« zu reden – eine Erklärung, die in solchen Fällen gern verwendet wird. Der Einzige, der nicht daran glaubte, war Andranik, Vassilis' armenischer Freund, der in der Balo-Straße eine Hemdenschneiderei besaß.

»Alle großen Wunder dauern nicht länger als drei Tage«, sagte er jedes Mal, wenn das Gespräch darauf kam, und schüttelte misstrauisch den Kopf. »Wir Armenier sind das beste Beispiel. Wir haben uns zu früh gefreut, als von einem armenischen Staat die Rede war. Am Schluss war die eine Hälfte von uns tot und die andere türkisiert.«

Vassilis und seine griechischen Freunde nahmen Andraniks Worte – insbesondere nach dem Besuch des Königspaares – nicht ernst. Doch auf dem Balkan behalten alle, die nicht an bessere Tage glauben, alle, die gute Vorzeichen für kurzlebig halten, alle, die das Unheil herbeireden – kurz gesagt: alle Miesepeter und Schwarzmaler –, am Ende immer recht. So bestätigten sich auch Andraniks Befürchtungen.

Nach dem Ausbruch des Zypernkonflikts hielt die Wirtschaftsentwicklung dem politischen Druck nicht stand, und die staatlichen Währungsreserven waren im Nu aufgebraucht. Vassilis' Ersparnisse in türkischer Lira wurden eingefroren. Er konnte seine Ware nicht bezahlen, da die Bank keine Devisen hatte, um Überweisungen durchzuführen. Ausgerechnet jetzt waren auch die Wechsel für die Wohnung in Cihangir fällig. Und die Geschäfte gingen schlecht, da die Türken die Läden der Griechen stillschweigend boykottierten, während die Istanbuler Griechen gleichzeitig ihr Geld horteten und illegal nach Griechenland transferierten.

»Die können uns jederzeit bis aufs Hemd ausziehen und aus dem Land jagen«, sagten sie. »Es wär ja nicht das erste Mal.«

Vassilis opferte die Ferien auf Prinkipos und versuchte erstens sein Geschäft und zweitens die Wohnung in Cihangir zu retten. Er hatte Sotiria vorgeschlagen, die Sommerferien im Haus seiner Mutter am Bosporus zu verbringen. Doch davon wollte Sotiria nichts wissen. Das Verhältnis zu ihrer Schwiegermutter war noch nie gut gewesen, und sie hatte keine Lust, einen tristen Sommer zu verbringen. Da blieb sie hundertmal lieber in der Wohnung in Cihangir.

»Mir ist heute etwas unangenehm aufgefallen«, meinte Vassilis beim Mittagessen zu Andranik.

Da sein Laden bis um acht oder halb neun Uhr abends geöffnet war, machte Vassilis immer ausgiebig Mittagspause. Und besonders, wenn er auf Diät war, genoss er es, all das zu essen, was zu Hause tabu war.

Als die Geschäfte noch bessergingen, besuchte Vassilis am liebsten das Degüstasyon. Das Lokal lag ganz in der Nähe der Christakis-Passage, die von den Türken Çiçek Pasajı – Blumenpassage – genannt wurde, da sie es offensichtlich nicht hinnehmen konnten, dass die schönste Einkaufspassage in ganz Pera den Namen eines Griechen trug.

Doch jetzt, da er den Gürtel enger schnallen musste, aß er in derselben Garküche, in der auch Andranik Stammgast war, in der Kalyoncu Kulluk. Zuerst ging er nur halbherzig hin, da dieses einfache Lokal seinen wirtschaftlichen Abstieg versinnbildlichte. Doch schon bald musste er zugeben, dass Andranik recht hatte: Das Essen schmeckte genauso gut wie im *Degüstasyon*. Zugegeben, die

Auswahl war kleiner, aber hier war man mit Öl und Butter großzügiger. Und das schätzte Vassilis besonders, weil er der Meinung war, dass gutes Essen auch gute Zutaten braucht.

»Was ist dir unangenehm aufgefallen?«, fragte Andranik.

»Man hat den Polizeischutz vor dem griechischen Konsulat aufgestockt.«

»Seit wann?«, fragte der andere besorgt.

»Seit heute Morgen, nehme ich an. Gestern stand nur ein einziger Wachposten davor, heute früh waren es gleich zwei Streifenwagen.«

Andraniks Miene wurde noch sorgenvoller. »Meinst du, wir sollten die Ferien abbrechen und nach Istanbul zurückkehren?«

Vassilis erinnerte sich, dass Andranik, wie die meisten Armenier, auf die Insel Kinaliada, die von den Griechen Proti genannt wurde, in die Sommerfrische fuhr. Er spürte einen unmerklichen Anflug von Neid.

»Wieso solltest du Angst haben?«, gab er fast aggressiv zurück. »Ihr Armenier habt doch nichts mit Zypern zu tun.«

»Tja, du kennst doch die *Drei Musketiere*«, meinte Andranik vielsagend, während er sich eine Gabel von den mit Hackfleisch gefüllten Paprika in den Mund schob.

Vassilis saß vor seinem Pfannengemüse. Das heißt, er redete sich ein, Gemüse zu essen, und versuchte geflissentlich die darin enthaltenen Lammfleischstückchen zu übersehen. Andraniks Worte überraschten ihn, und er hielt mit seiner Gabel auf dem Weg zum Mund inne.

»Wie kommst du jetzt auf die *Drei Musketiere*?«, wunderte er sich.

»Ich meine das berühmte Motto der *Drei Musketiere* …«

Vassilis erinnerte sich nur schwach an d'Artagnan, Porthos und Aramis und noch einen, dessen Name ihm gerade nicht einfiel. Père Laurent hatte ihnen zwar in der Schule einiges über die historischen Hintergründe erzählt, aber Vassilis hatte dennoch nie begriffen, weshalb man von drei Musketieren sprach, obwohl es doch vier waren. Und an das Motto konnte er sich auch nicht erinnern.

»Ich dachte, du warst auf dem französischen Saint-Joseph-Lyzeum …«, spottete Andranik. »Das weiß ja ich sogar. Und ich hab nur das armenische Getronagan-Gymnasium besucht.«

»Ist ja gut! Rück raus mit der Sprache.«

»Einer für alle, alle für einen.«

»Und was hat das mit Zypern zu tun?«

»Armenier, Griechen und Juden sind in diesem Land so etwas wie die *Drei Musketiere*. Die anderen beiden sind immer mit verantwortlich für das, was der Dritte tut. Wenn die Türken einen der drei angreifen wollen, gehen sie auf alle drei los. Jetzt wollen sie euch für das bestrafen, was eure Leute auf Zypern tun. Da kommen wir bestimmt auch noch unter die Räder, du wirst schon sehen.« Er nahm ein Stück Brot und tunkte es in die Soße auf seinem Teller. »Doch es gibt einen großen Unterschied«, fügte er hinzu. »Im Gegensatz zu den drei Musketieren teilen wir keine Prügel aus, sondern stecken immer nur Prügel ein.«

Vassilis wusste, dass Andraniks Befürchtungen berechtigt waren, doch er nahm wie immer zu seinem angeborenen Optimismus Zuflucht.

»Keine Sorge, die arrangieren sich schon auf der Londoner Konferenz. Das ist doch der Grund für das ganze Treffen. Die Briten und Amerikaner werden gewiss nicht tatenlos zuschauen, wenn sich Türken und Griechen wegen einer Handvoll blöder Zyprioten an die Gurgel gehen.«

Andranik lag es auf der Zunge, Vassilis seine Blauäugigkeit vorzuwerfen, die ihn permanent in Schwierigkeiten brachte. Stattdessen löffelte er seinen Milchreis stumm weiter. Er hatte eine unwiderstehliche Schwäche für Reis. So verputzte er Kebab mit Reispilaw und nahm Milchreis zum Nachtisch oder er wählte mit Reis gefüllte Tomaten und Paprika und genoss als Nachtisch prompt noch mal Milchreis.

Als Vassilis zur Tuchhandlung zurückkehrte, saß sein Angestellter Antonis gerade in einer Ecke und löffelte sein Mittagessen, das er von zu Hause mitgebracht hatte. Jeden Morgen füllte seine Frau einen Henkelmann mit Speisen, wickelte diesen dann in ein blütenweißes Handtuch und verknotete die Enden so geschickt, dass Antonis das Gefäß bequem tragen konnte. Da es im Laden keine Möglichkeit zum Aufwärmen gab, kochte sie ihm Schmorspeisen in Öl, die auch kalt gut schmeckten. Vassilis wunderte sich jeden Tag, wie es Antonis gelang, sein Mittagessen unbeschadet von Hasköy nach Pera zu transportieren, ohne auf der kleinen Fähre am Goldenen Horn, dann in der Tünel-U-Bahn, die Galata mit Pera verband, und anschließend auf seinem Fußweg bis zur Tuchhandlung auch nur einen Tropfen zu verschütten. Immer wenn er fertiggegessen hatte, wusch er sein Besteck ab, das er im Laden aufbewahrte. Danach machte er auch den Henkelmann sauber und wickelte ihn für den Rücktransport wieder ins Handtuch.

Heute kam er jedoch nicht dazu, in Ruhe zu Ende zu essen, denn zwei türkische Mittvierzigerinnen hatten den Laden betreten. Vassilis ging zur

Kasse und beschäftigte sich mit der Buchhaltung. Er überließ Antonis das Feld, da er der begabtere Verkäufer war und die Kundinnen mit seiner liebenswürdigen Art überzeugte.

»Ich suche einen hellbeigen Stoff für einen leichten Mantel, und meine Freundin grünen Taft für ein Festtagskleid.«

Antonis holte einen Tuchballen nach dem anderen aus den Regalen und breitete die Stoffe vor den Kundinnen aus. Einmal passte ihnen die Farbe, dann die Stoffqualität nicht. Als sie Antonis nach immer neuen Tuchrollen schickten, begriff Vassilis, dass es sich um »Erbsenzählerinnen« handelte, wie er schwierige Kundinnen nannte. Da ließ er die Buchhaltung sein und kam Antonis zu Hilfe. Nach einer Weile hatte sich die eine der beiden Türkinnen endlich für einen Stoff entschieden.

»Wie viel kostet der Stoff?«, fragte sie Antonis.

»Zwanzig Lira der Meter.«

Die Kundin hatte jedoch in der Zwischenzeit gemerkt, dass Vassilis der Chef war. Sie warf ihm einen grimmigen Blick zu.

»Ihr seid Diebe«, rief sie ihm zu. »Seit Jahren zieht ihr uns schon über den Tisch.«

»Wie kommen Sie darauf?«, protestierte Vassilis. »Das ist ein englisches Markenprodukt. Hier, bitte schön, sehen Sie selbst.« Er deutete auf den Aufdruck am Stoffsaum. »Das ist der letzte Ballen, den ich habe. Dieses Produkt führen wir gar nicht mehr, seit wir nur noch inländische Ware verkaufen. Aber Sie verlangten nach einer besseren Qualität. Wenn Sie preisgünstigere einheimische Ware möchten, kann ich Ihnen gern andere Stoffe zeigen.«

»Ihr seid Diebe«, wiederholte die Türkin. »Mit dem Gewinn, den ihr uns aus der Tasche zieht, unterstützt ihr die griechischen Zyprioten. Wir sollten euch alle davonjagen.«

Als sei ihr Wunsch erhört worden, ging die Tür auf, und ein uniformierter Polizeibeamter betrat überraschend den Laden.

»Ich möchte, dass Sie diesen Sünder festnehmen, Herr Kommissar«, rief die Türkin triumphierend.

»Und wieso?«, fragte der Kommissar ruhig.

»Weil er mich betrügen will.«

»Wie denn?«

»Er verlangt zwanzig Lira für diesen Stoff hier. Er ist bestimmt ein Schwarzhändler.«

»In der Türkei gibt es nur für Brot festgesetzte Preise. Alle anderen Waren werden frei verkauft«, antwortete der Kommissar kühl. »Sie müssen die Ware nicht nehmen, wenn Sie sie zu teuer finden.«

Die Türkin, die davon ausgegangen war, dass der Kommissar für sie und nicht für den Griechen Partei ergreifen würde, war einen Augenblick lang sprachlos. Dann schob sie die Tuchrolle abrupt von sich und sagte außer sich vor Wut: »So etwas nehme ich nicht!«

Danach packte sie ihre Freundin, die perplex neben ihr stand, am Arm und zog sie aus dem Laden, wobei diese noch einen letzten, sehnsüchtigen Blick auf den zurückgelassenen Taft warf.

»Danke, *komiser bey*«, sagte Vassilis, als die Türkinnen verschwunden waren.

Er sprach ihn nicht mit seinem Vornamen – Metin Bey – an, sondern mit seinem Titel *komiser bey*. Das war, obwohl sich Vassilis und Kommissar Metin Yolkanat schon lange kannten, ein Zeichen des Respekts vor der Obrigkeit.

Vor fünf Jahren war der Kommissar, wie immer in Uniform, zum ersten Mal in der Tuchhandlung erschienen.

»Es heißt, dass du die schönsten Stoffe in ganz Pera hast«, hatte er damals zu Vassilis gesagt, was nichts anderes hieß, als dass es die schönsten Stoffe im ganzen Land waren. »Als Kommissar trage ich ja immer nur Uniform. Von Stoffen habe ich nicht die blasseste Ahnung. Deshalb komme ich zu dir. Ich möchte mir für die Beschneidungsfeier meines Sohnes einen Anzug nähen lassen. Sieh zu, dass du mich nicht übers Ohr haust.«

Nein, Vassilis legte ihn nicht rein, sondern wies –

ganz im Gegenteil – sowohl für den Stoff als auch für die Anfertigung jede Bezahlung von sich. Als der Kommissar halbherzig darauf bestand, lehnte Vassilis entschieden ab. Auf ganz selbstverständliche Weise hatte er ihm den Anzug spendiert. Der Kommissar war sowohl mit dem Tuch als auch mit dem Anzug so zufrieden, dass er seither, wenn er in der Gegend war, auf einen kurzen Gruß vorbeikam. Es entstand eine Art Freundschaft zwischen ihnen, soweit es zwischen einem Istanbuler Griechen und einem Türken Freundschaft überhaupt geben konnte. Ihre Beziehung gründete zwar auf beidseitiger Heuchelei, doch genau darum war sie wahrscheinlich umso stabiler. Dem Kommissar war klar, dass Vassilis kein Geld von ihm nehmen würde. Und Vassilis wusste, dass er in schweren Zeiten auf die Hilfe des Polizisten zählen könnte.

»Vassilis, die Lage ist ernst, du musst aufpassen«, sagte der Kommissar jetzt mit düsterer Miene.

»Das ist mir klar, aber was soll ich machen? Den Laden dichtmachen?«

»Auf gar keinen Fall, selbst das würde man dir ankreiden.«

»Aber was dann, *komiser bey*? Was soll ich tun, wenn jemand Streit sucht? Diese Frau hätte, selbst wenn ich ihr den Stoff geschenkt hätte, über mich geschimpft.«

»Zu einem schwierigen Kunden sagst du eben: ›Tut mir leid, das führen wir nicht.‹ Auch, wenn du das Gewünschte hast.«

›Du hast gut reden‹, dachte Vassilis. ›Ich muss meine Familie ernähren und zusehen, dass ich meine Ware verkaufe. Aber so ist es eben in diesem Land‹, fügte er in Gedanken hinzu. ›Sieben Jahre macht man gutes Geld und freut sich seines Lebens, und die nächsten sieben schaut man durch die Finger.‹

»Glaubst du, die Lage verschlimmert sich, *komiser bey*?«, fragte er.

Der andere zuckte mit den Schultern.

»Woher soll ich das wissen? Ich bin Polizist und kein Politiker.« Er schien kurz darüber nachzudenken und ergänzte dann: »Mein Gefühl sagt mir, dass sich die Konferenzteilnehmer in London nicht einigen werden.«

Mit dieser bösen Prophezeiung im Ohr schloss Vassilis seinen Laden ab. Chorosoglou, dessen Brautmodengeschäft zwei Häuserblocks weiter lag, hatte ihm vorgeschlagen, zusammen bis nach Cihangir zu laufen. Doch unter dem Vorwand, er habe in Nişantaşı etwas zu erledigen, lehnte er ab. Chorosoglou hatte die feste Angewohnheit, in der Öffentlichkeit griechisch zu sprechen.

»Was? Soll ich mir etwa von den Kümmeltürken meine Muttersprache verbieten lassen?«

Vassilis sprach lieber türkisch, damit ihn keiner auf der Straße anhielt und ihm den verhassten Satz »Landsmann, sprich türkisch!« ins Gesicht schleuderte.

So nahm er den Bus nach Nişantaşı, stieg jedoch am Taksim-Platz aus, um zu Fuß über die Sıraselviler-Straße nach Cihangir zu gelangen. Es kam ihm ganz gelegen, dass er nicht am griechischen Konsulat vorbeimusste und damit den argwöhnischen Blicken der Polizisten entging.

»Hat Erol die Blaubarsche gebracht?«, fragte er gleich bei seiner Ankunft.

»Sag mal, welche Laus ist dem heute über die Leber gelaufen?«

»Wieso?«

»›Da, von deinem Mann!‹ Mit diesen Worten hat er mir die Fische hingeknallt. Beinah wären sie runtergefallen und die ganze Wohnung hätte nach Fisch gestunken.«

»*Boş ver!* Mach dir nichts draus!«, antwortete Vassilis im türkisch-griechischen Idiom der Istanbuler Griechen. »Undank ist der Welten Lohn, wie die Türken sagen. Sie werden schon wissen, warum.«

Dann machte er es sich vor dem Radiogerät bequem und wartete angespannt auf die Nachrichten aus London. Zunächst wurde die Stellungnahme des türkischen Außenministers Fatin Rüştü Zorlu verlautbart: Das griechische Beharren auf einer Vereinigung Zyperns mit Griechenland verhindere eine Lösung. Die Türkei werde sich für die Rechte ihrer »türkisch-zyprischen Brüder« starkmachen. Eine Erklärung des griechischen Außenministers Evangelos Averoff gab es nicht. Und selbst wenn, hätten sie die Türken mit Sicherheit nicht publik gemacht.

»Soll ich den Fisch jetzt zubereiten?«, fragte Sotiria.

»Tu das«, sagte Vassilis, während er versuchte, den Athener Sender zu finden. Aus dem Radiogerät tönten jedoch nur ohrenbetäubend laute Störgeräusche.

Seit er die verstärkte Polizeiwache vor dem griechischen Konsulat erblickt hatte, war es mit seiner Laune stetig bergabgegangen. Nach dem Besuch der beiden Türkinnen in seinem Laden hatte sie sich noch weiter verschlechtert und nun ihren Tiefpunkt erreicht. Doch Vassilis wusste wie jeder Istanbuler Grieche, dass ein gutes Essen die beste Medizin gegen schlechte Stimmung ist.

»Ah, Rucola!«, lobte er Sotiria, als sein Blick auf den Salat fiel. »Das passt perfekt zu Blaubarsch!«

Dienstag, 6. September 1955

Als Vassilis am nächsten Morgen sah, dass Chorosoglou an der Ecke der Turnacıbaşı-Straße, in der das griechische Konsulat lag, auf ihn wartete, war er überrascht. Im Gegensatz zu Vassilis überließ es Chorosoglou sonst seinen Angestellten, den Laden aufzuschließen, und erschien erst eine halbe Stunde später. Es gefiel ihm, den »Çorbacı« zu spielen, wie man die vornehmen Christen nannte, da sie bei den Armenspeisungen die Suppe – *çorba* – finanzierten.

»Hast du schon das Neueste gehört?«, fragte er Vassilis auf Griechisch, sobald er in Hörweite war.

»Nein«, erwiderte Vassilis knapp.

Nur widerwillig ließ er sich auf eine Unterhaltung ein, da er in der Öffentlichkeit kein Griechisch sprechen wollte.

»Ein Cousin aus Athen hat mich angerufen«, fuhr Chorosoglou fort, doch Vassilis unterbrach ihn.

»Wollen wir nicht lieber türkisch reden, um keine dummen Kommentare zu hören zu bekommen?«

»Die Neuigkeit kann ich dir nur auf Griechisch erzählen«, beharrte Chorosoglou. »Ich habe von meinem Cousin gehört, dass angeblich auf Atatürks

Geburtshaus in Thessaloniki ein Bombenattentat verübt worden sei.«

»Wann?«

»Gestern, kurz nach Mitternacht.«

Vassilis versagten die Beine. Er lehnte sich gegen die Außenwand eines Gemüseladens, um nicht umzukippen.

»Und jetzt?«, stammelte er.

Chorosoglou zuckte mit den Achseln. »Die Geschichte kann so nicht stimmen, sagt mein Cousin. Seinen Angaben nach ist die Mauer um das Atatürk-Haus sehr hoch. Man kann dort von außen gar keinen Sprengsatz bis zum Haus schleudern.«

Chorosoglou wollte, während er redete, ganz automatisch in die Turnacıbaşı-Straße einbiegen, doch Vassilis hielt ihn zurück.

»Warte, wir gehen besser über den Taksim-Platz.«

»Warum?«, wunderte sich Chorosoglou.

»Damit wir nicht am Konsulat vorbeimüssen. Ich habe keine Lust auf die dummen Fressen der Polizisten.«

»Bist du noch bei Trost? Wegen der Kümmeltürken soll ich woanders langgehen? Wegen dieser verdammten Vollidioten?«

Sie trennten sich an der Straßenecke. Chorosoglou ging trotzig seinen gewohnten Weg, und es war ihm wohl selbst nicht klar, ob sich sein Zorn mehr gegen die Kümmeltürken richtete oder gegen Vassilis, der die Hosen voll hatte.

Vassilis ging nach Sıraselviler hoch und bog in die Meşelik-Straße ein. Er kam an der Sappion-Mädchenschule vorbei und durchschritt kurz darauf Portal und Innenhof der Dreifaltigkeitskirche. Er trat ein, um eine Kerze anzuzünden und sich selbst Mut zuzusprechen. Drinnen war jenes diffuse Knistern und Rascheln zu vernehmen, das erst dann hörbar wird, wenn die Kirche leer ist. Vassilis blieb im Hauptschiff stehen und genoss das sanfte Raunen, das seine Ohren umschmeichelte. Er musste an seinen Großvater denken, den er nie gekannt hatte. Es gab die verschiedensten Ansichten über ihn, und Vassilis wusste nicht, wer recht hatte. Die einen bewunderten Prodromos Samartsis als legendären Verfechter des Griechentums, die anderen sahen in ihm einen großspurigen Speichellecker, der seine Familie wegen einer unscheinbaren Engländerin verlassen hatte.

Vassilis war es egal, ob sein Großvater ein Held oder ein Hosenscheißer war. Ihn erschreckte die Tatsache, dass die finsteren Zeiten, die ihn zum Helden beziehungsweise zum Hosenscheißer gemacht und seine Familie in eine jahrelange Trauer gestürzt hatten, gerade auf makabre Weise wiederkehrten.

Dennoch war in Pera immer noch alles ruhig. Vassilis fiel nichts Besorgniserregendes auf. Die Geschäfte waren offen wie jeden Tag, Menschenhorden drängten über die Bürgersteige, Busse und Autos hupten durcheinander, und in der Christakis-Passage nippten die morgendlichen Trinker bereits an ihrem Raki und pickten Mezze, die auf extra dafür aufgestellten Weinfässern standen.

Auch in seinem Laden herrschte Alltagsstimmung. Karnik, der armenische Schneider, und sein Mitarbeiter Antonis begrüßten ihn wie jeden Morgen. Vassilis vermutete, dass die Nachricht über den Sprengstoffanschlag auf das Atatürk-Haus noch nicht die Runde gemacht hatte. Das erleichterte ihn zunächst, doch zwei Stunden später war seine Stimmung wieder im Keller. Und zwar nicht, weil etwas Unangenehmes vorgefallen wäre, sondern weil es schon nach elf Uhr war und noch kein einziger Kunde den Laden betreten hatte. Er und Antonis hatten sich nicht viel zu sagen. Wortlos saß jeder in seiner Ecke, und Vassilis hing seinen düsteren Gedanken nach.

Die Flaute hielt bis um zwei Uhr an. Dann erschien der Kommissar. Er warf Antonis einen Blick zu und befahl ihm im Ton eines Vorgesetzten: »Geh und hol mir einen mittelsüßen Mokka.«

Antonis erhob sich wortlos und ging ins Kafenion in der Christakis-Passage. Sobald der Kommissar mit Vassilis allein war, änderte sich seine Miene schlagartig.

»Sperr den Laden zu und geh nach Hause«, riet er ihm. »Es wird Krawall geben.«

Vassilis saß ein Kloß im Hals, und er brachte kein Wort hervor. Der Kommissar blickte sich um, um ganz sicherzugehen, dass niemand zuhörte, und fuhr fort: »Eure idiotischen Landsleute haben einen Bombenanschlag auf das Atatürk-Haus in Thessaloniki verübt.«

Vassilis konnte immer noch nicht sprechen. Er beschränkte sich auf ein Nicken, das Empörung und gleichzeitig Todesangst ausdrückte.

»Ich weiß nicht, was mich wütender macht«, fuhr der Kommissar fort, »die Bombe vor dem Geburtshaus des Gründers der Türkischen Republik oder die aufgebrachte Menge, die ich heute Nacht im Zaum halten muss. Schick deine Angestellten unter einem Vorwand nach Hause und mach den Laden zu. Aber pass auf! Kein Wort zu niemand!« Er blickte auf seine Uhr. »Jetzt ist es zwei. Um vier kommt der *Istanbul Express* mit der Nachricht heraus. Dann liegt alles in Gottes Hand.«

Als Antonis den Mokka brachte, war der Kommissar schon verschwunden. »Ist er schon weg?«, fragte er Vassilis verwundert.

»Ja. Ich schlage vor, du prüfst mal im Lager nach, wie viele Ballen englisches Tuch wir noch haben. Das Abschließen des Ladens übernehme ich.«

Antonis sagte bereitwillig zu. Das Lager lag auf seinem Nachhauseweg in einer kleinen Gasse des Kasımpaşa-Viertels am Goldenen Horn.

Unter einem anderen Vorwand schickte Vassilis seinen armenischen Schneider Karnik fort, bevor er die Tuchhandlung abschloss und die Rollläden herunterließ. Gerade als er den Nachhauseweg einschlagen wollte, fiel ihm Chorosoglou ein. Er hatte ihn am Morgen abgepasst und ihn gewarnt, und Vassilis fühlte sich verpflichtet, sich dafür zu revanchieren. Anstatt zum Taxim-Platz zu gehen, bog er nach rechts zur katholischen Sankt-Antonius-Basilika ein. Auf der Straße war nichts Außergewöhnliches zu spüren. Vassilis fragte sich, ob die Befürchtungen des Kommissars nicht ein wenig übertrieben waren. Vielleicht gab er nur vor, ihm einen Gefallen zu tun, damit er sich dann mit einem neuen Anzug erkenntlich zeigte. Doch das schien ihm ein allzu misstrauischer Gedanke zu sein. Wäre der Kommissar auf einen neuen Anzug aus gewesen, hätte er den Stoff ausgesucht und Vassilis dann nach dem Preis gefragt, worauf der ihm postwendend geantwortet hätte: »Das geht aufs Haus, *komiser bey*. Noch viel Freude damit!«

Chorosoglou war mit einer jungen Armenierin beschäftigt, die unter dem kritischen Blick ihrer Mutter, einer vollbusigen Frau mit einer fleischigen Nase, Brautkleider anprobierte. Seine beiden Angestellten waren ebenfalls mit der Kundin zugange, da Chorosoglou der Ansicht war, dass sich das komplette Personal dem jeweiligen Kunden widmen sollte. Als er endlich die junge Armenierin mit ihrer Mutter unter Danksagungen und Verbeugungen hinausbegleitet hatte, wandte er sich Vassilis zu.

»Was führt dich hierher?« Da Vassilis ihn nur selten in seinem Geschäft besuchte, wirkte er etwas besorgt. »Gibt's was Neues?«

Vassilis blickte auf die beiden Angestellten.

»Les enfants«, flüsterte er Chorosoglou die klassische Formel zu, die alle Istanbuler Griechen benutzten, wenn sie etwas Vertrauliches besprechen wollten, das nicht für die Ohren der Kinder oder anderer unerwünschter Zuhörer bestimmt war. Chorosoglou reagierte jedoch mit der gönnerhaften Miene eines »Çorbacı«, eines Griechen der Oberschicht, die er in kritischen Momenten gern aufsetzte.

»Die beiden gehören zur Familie wie meine eigenen Kinder«, sagte er und deutete auf seine Angestellten. »Ich habe keine Geheimnisse vor ihnen.«

›Wie deine eigenen Kinder … Deshalb zahlst du ihnen auch nur einen Hungerlohn‹, lautete Vassilis' boshafter, aber lautloser Kommentar. Dann verriet er ihm, was er vom Kommissar erfahren hatte.

»Ich mache mein Geschäft nicht zu! Ich rühre mich hier nicht weg! Was können mir die Kanaillen schon tun?«, brüllte Chorosoglou und meinte damit natürlich die Türken. »Denen haben sie wohl ins Gehirn geschissen!«

»Denk an deine Kinder«, meinte Vassilis beim Gehen.

Mit ruhigem Gewissen schlug er den Heimweg ein, er hatte ja seine Pflicht getan. So war Chorosoglou eben. Erst spielte er sich auf und hängte das Porträt von Königin Friederike an die Wand, dann kriegte er Schiss und ersetzte sie durch Bayar und Menderes. Bei Vassilis hing nur ein Atatürk-Porträt an der Wand, dessen Bild ohnehin überall prangte.

Zu seiner Zeit hatten wir wenigstens noch unsere Ruhe, dachte er. Da holte sich keiner eine blutige Nase. Jetzt hängen wir mal Pavlos und Friederike an die Wand, dann wiederum Bayar und Menderes, dazu kommen noch Makarios, der verdammte Pfaffe, und Karamanlis. Die alle nehmen uns in die Mangel und walzen uns platt wie Flundern.

An der Kreuzung nach Galatasaray war die Lage noch ruhig. Auf den beiden größeren Straßen, auf der Boğazkesen, die vom Bosporus hochführte, und auf der Hamalbaşı im Griechenviertel herrschte Normalität. In Richtung Hamalbaşı sah man ab und zu Frauen, die wortlos Arm in Arm gingen. So bewegten sich die Griechinnen mittlerweile in der Öffentlichkeit. Sie verbissen sich jedes Gespräch und hielten sich a *braccetto*, wie man damals sagte. Manche trauten sich nicht mehr allein auf die Straße, denn sie befürchteten, sonst von wildfremden Passanten angegriffen zu werden.

Vassilis hatte eigentlich vorgehabt, wieder über den Taxim-Platz zu gehen. Aber als linkerhand das Sografion-Lyzeum auftauchte, bemerkte er, dass er den altgewohnten Weg eingeschlagen hatte. Fast wollte er kehrtmachen, doch das Chorosoglou-Syndrom behielt die Oberhand.

›Ist es denn verboten, am griechischen Konsulat vorbeizugehen?‹, dachte er. ›Woher wollen sie wissen, dass ich Grieche bin? Und selbst wenn, geht es mir am Arsch vorbei.‹

Da standen wie tags zuvor ein Wachsoldat und zwei Streifenwagen. Er spürte, wie ihm die Polizisten mit dem Blick folgten. Eindeutig sehen konnte er es nicht, da er – ohne nach rechts oder links zu schauen – mit starr geradeaus gerichteten Augen vorüberging.

›Dieses Verhalten reicht schon aus, um mich als

Griechen abzustempeln‹, dachte er im Vorbeigehen. ›Ein Türke hätte bedenkenlos gegafft.‹

»Was ist los? Bist du krank?«, fragte Sotiria beunruhigt, als er so früh nach Hause kam.

Vassilis wiederholte, was er vom Kommissar erfahren hatte.

»Gott bewahre!«, rief Sotiria aus und bekreuzigte sich. »Wir werden noch, so wie damals bei der Eroberung von Konstantinopel, in den Kirchen Asyl suchen müssen! Du wirst sehen!«

Das Wort »Asyl« begann in Vassilis' Ohren zu dröhnen.

»Zieh dich an, wir müssen zu Mama«, sagte er hastig. »Wir dürfen sie jetzt nicht allein lassen.«

»Wieso nicht? Was kann denn passieren?«

»Was ist, wenn ihr etwas zustößt?«

»Wie denn? Alle Unruhen in Istanbul finden gleich bei uns um die Ecke statt, zwischen dem griechischen Konsulat und dem Taxim-Platz. Hast du schon jemals eine Demonstration in Mega Revma erlebt? Läge die Wohnung in Tatavla, könnte ich deine Sorgen verstehen.«

In Vassilis kroch die Wut hoch.

»Hör mal, Sotiria«, sagte er zu seiner Frau und versuchte, die Nerven zu bewahren. »Ich weiß, dass du mit Mama nicht gut auskommst. Aber wir können sie jetzt nicht allein lassen. Wenn ihr was passiert, wirst du dir das ewig vorwerfen.«

Sotiria begriff, dass sie ihrer Schwiegermutter nicht entrinnen konnte. Doch sie zog es vor, sie in ihrem eigenen Herrschaftsbereich zu empfangen. Das war besser, als zu ihr zu fahren.

»Schön, dann bring sie hierher. Bei uns ist sie sicherer. Wenn etwas passiert, dann ist das deutsche Krankenhaus nur ein paar Schritte entfernt.«

Vassilis war von der Idee wenig begeistert, nach Mega Revma zu fahren und seine Mutter ins Zentrum zu holen. Es wäre ihm wesentlich lieber gewesen, dort draußen bei ihr zu bleiben. Andererseits wollte er Sotiria nicht allein lassen.

Während er noch hin und her überlegte, holte ihn die Stimme des Zeitungsverkäufers, die von der Straße herauftönte, auf den Boden der Tatsachen zurück:

»*Istanbul Express! Istanbul Express!* Bombenanschlag auf Atatürk-Haus in Thessaloniki! *Istanbul Express!*«

Und als hätte die Stimme des Zeitungsverkäufers Signalwirkung, erhob sich im selben Augenblick – nicht direkt vor Vassilis' und Sotirias Wohnhaus, sondern ein paar Straßen weiter – ein dumpfes Brausen.

»Na bitte! Es geht los!«, rief Vassilis erschrocken. »Der Lärm kommt vom Taksim-Platz, dort haben sie sich versammelt!«

»... und sie marschieren zum Konsulat«, fügte Sotiria hinzu. »Auf der üblichen Route: Taksim–Pera–Konsulat, wie die städtische Buslinie.« Sie öffnete die Fenster, um besser hören zu können. Das dumpfe Brausen drang ins Wohnzimmer und machte sich im ganzen Apartment breit. »Da ist der Teufel los! Die halbe Stadt muss unterwegs sein.«

»Mach das Fenster zu, ich will das Radio einschalten. Vielleicht berichten sie ja darüber.«

Ein Klopfen an der Tür unterbrach ihn.

»Wer kann das sein?«, murmelte Sotiria, während sie öffnen ging.

Es war Marika aus der dritten Etage.

»Was ist denn da draußen los? Der reinste Weltuntergang!«, rief sie an der Türschwelle.

»Hast du nicht mitbekommen, dass eine Bombe vor Kemals Geburtshaus in Thessaloniki hochgegangen ist?«, lautete Sotirias Antwort.

»Ich hab gehört, wie der Zeitungsjunge lautstark die Schlagzeile des *Istanbul Express* ausgerufen hat. Möge der Blitz herunterfahren und die Redaktion dieser Zeitung in Schutt und Asche legen!«

»Da kannst du lange beten, das Gegenteil wird passieren: Die Zeitung wird *uns* mit ihrer Meldung in Schutt und Asche legen!«, bemerkte Vassilis.

Das Dröhnen war näher gekommen und nur noch zwei Straßen entfernt. Die Sirenen der Streifenwagen heulten immer wieder kurz auf, als wollten sie die Demonstranten mit ihren abgehackten Lauten in die Flucht schlagen. Plötzlich war die ganze Gegend vom Geheul der Streifenwagen erfüllt.

»Jetzt sind sie am Konsulat«, meinte Vassilis.

»Son durak«, bemerkte Sotiria. »Endstation.«

»Und wie soll ich auf die Insel Antigoni zurück? Gibt es überhaupt Fähren?«, fragte Marika.

»Du wolltest heute zurück?«, meinte Sotiria.

»Ja. Gestern Abend habe ich die Wände fertiggestrichen. Ich wollte sie ein paar Tage trocknen lassen, bevor ich alles saubermache.«

»Bleib lieber da, wo du bist. Warte erst mal ab, bis sich der Sturm gelegt hat. Dann schaust du weiter«, riet ihr Sotiria.

»Aber Panajotis wird sicher sauer!«

»Er wird schon verstehen, dass du in der Stadt geblieben bist, und hierherkommen«, besänftigte sie Vassilis.

»Er ist heute auf der Insel geblieben, um mit Kallinikos fischen zu gehen.« Plötzlich kam ihr ein Gedanke, der sie zu erleichtern schien. »Ich rufe in Christos' Kafenion an und lasse ihm ausrichten, dass ich nicht kommen kann.«

Mit einem Schlag verstummte das dumpfe Brausen. Es war, als hätte ein Dirigent ein misstönendes Orchester durch eine kleine Geste mit dem Taktstock beim Fortissimo zum Schweigen gebracht. Alle drei lauschten ohne ein Wort. Nach zehn Minuten war immer noch alles ruhig.

»Es ist vorbei«, seufzte Vassilis auf.

»So schnell?«, meinte Sotiria ungläubig. Es herrschte Totenstille. Nicht einmal Autos waren zu hören.

»Kein Wunder. Die Polizei entscheidet über die Dosierung der Gewalt. In diesem Land entscheiden die Ärzte, wie viel Medizin, und die Polizisten, wie viel Prügel verabreicht werden.« Vassilis lief zum Radiogerät und machte es genau im richtigen Moment an.

»Zurzeit löst sich die Menge friedlich auf«, sagte der Sprecher. »Es ist weder zu Ausschreitungen noch zu tätlichen Angriffen gekommen.«

»Gott sei Dank! *Bu da geçti!*«, sagte Sotiria und bekreuzigte sich. »Das wäre geschafft!«

Marika fasste auch wieder Mut.

»Uff, hoffentlich war's das! Wenn ich mich beeile, kriege ich noch die Fähre um Viertel sieben zur Insel.«

Sie küsste Sotiria und verabschiedete sich von Vassilis mit einem »Bis nächste Woche!«.

Vassilis musste zugeben, dass es richtig gewesen war, nicht zu seiner Mutter zu fahren. Doch mochte er das seiner Frau nicht offen sagen, denn Sotiria ließ es nicht gut sein, sondern trumpfte erst recht auf, wenn der andere einen Fehler einräumte. Das war auch einer der Gründe, warum sie mit seiner Mutter nicht auskam. Wenn seine Mutter nicht zugab, dass sie im Unrecht war, fuhr Sotiria aus der Haut. Und wenn sie es zugab, dann meinte Sotiria besserwisserisch: »Na also, hab ich's doch gesagt!«, worauf wiederum seine Mutter aus der Haut fuhr.

»Na also, hab ich's doch gesagt! Und du wolltest zu deiner Mutter fahren!«, triumphierte nun Sotiria, als hätte sie seine Gedanken gelesen. »Nichts ist passiert. In Mega Revma drüben haben sie wahrscheinlich gar nichts mitgekriegt.«

Vassilis wollte ihr erklären, dass seine Mutter nach dem Verschwinden ihres Schwiegervaters eine Menge durchgemacht hatte und von ihrer Schwiegermutter und ihrem Mann so viele Geschichten gehört hatte, dass sie vor ihrem eigenen Schatten zusammenzuckte. Andererseits verstand er Sotirias Abneigung. Seine Eltern hatten sie vom ersten Moment an abgelehnt, da ihr Vater nur ein kleiner Kaufmann aus Mega Revma war, der den Schneiderinnen des Viertels Garne, Kleiderfutter und Nähzubehör verkaufte. In einer Ecke seines Ladens bot er billiges Tuch für alte Frauen an, die weder das Geld noch die Kraft in den Beinen hatten, um nach Pera einkaufen zu gehen. Die Stoffe besorgte er sich bei Vassilis' Vater Savvas. Vassilis hatte Sotiria kennengelernt, da sie im Laden ihres Vaters aushalf – ein weiterer Ablehnungsgrund für seine Mutter. Junge Frauen, die nicht dadurch begehrte Bräute wurden, dass sie zu Hause saßen und sich auf den Haushalt beschränkten, waren *basse classe*, wie man damals sagte. Die Samartsis-Sippe war durch das Verschwinden ihres *pater familias* der Lächerlichkeit preisgegeben, sie hatte ihr Vermögen und auch die Aura des Reichtums verloren. Sie kam so recht und schlecht über die Runden. Das Einzige, was ihr noch geblieben war, war ihr guter Name, und der sollte nicht auch noch verspielt werden, indem der letzte Spross der Familie »ein Mädchen aus der Unterschicht«, wie man Sotiria nannte, zur Frau nahm.

»Und schon gar nicht, wenn unsere Anna mit einem französischen Ingenieur aus Marseille verlobt ist«, riefen sie Vassilis in Erinnerung.

Er hatte keine Ahnung, warum diese Gedanken gerade jetzt hochkamen, wo eigentlich keine Zeit dafür war. Möglicherweise, weil sie ihn jedes Mal quälten, wenn der Name seiner Mutter in Bezug auf seine Frau fiel.

Das Klingeln der Türglocke riss ihn aus seinen Grübeleien.

»Wer kann das sein?«, fragte er überrascht und ein wenig ängstlich, da Besuche nach Krawallen nichts Gutes bedeuteten.

»Vielleicht Marika, die sich von uns verabschieden will«, mutmaßte Sotiria, die gerade den nachmittäglichen Mokka servierte.

Aber es war nicht Marika, sondern der Hausmeister des Wohnhauses. Seine verstörte Miene irritierte Sotiria, doch sie versuchte, ruhig Blut zu bewahren.

»Madame, macht die Tür nicht auf! Egal, was ihr hört. Überlasst die Sache mir, ich kümmere mich darum.«

»Worum willst du dich kümmern? Was redest du da, Nuri?«

»Madame, ich sag's noch einmal: Macht die Tür nicht auf, verlasst eure Wohnung nicht, und geht vor allem nicht auf die Straße. Um den Rest kümmere ich mich – mit Gottes Hilfe.«

Mehr wollte er offenbar nicht sagen. Er machte kehrt und lief, immer zwei Stufen auf einmal nehmend, die drei Stockwerke wieder nach unten.

Sotiria kehrte verwundert zu ihrem Kaffee zurück. ›Was ist denn in Nuri gefahren?‹, fragte sie sich und erzählte Vassilis davon. Sie schloss mit dem Psalm: »Herrgott im Himmel! Lass die Lippen der Ungläubigen verstummen!«

»Da ist was faul, wenn der uns eine Gefälligkeit anbietet«, lautete Vassilis' Kommentar.

»Schau mal in deinem Schrank nach, ob du eine Hose findest, die du nicht mehr trägst, oder ein Hemd, das wir ihm geben können, damit er nicht alle naselang vor der Tür steht. Ich habe keine Lust auf sein schleimiges Lächeln und seinen hämischen Blick.«

Vassilis und Sotiria konnten nicht glauben, dass der Hausmeister tatsächlich mehr wusste als sie. Doch gegen halb sechs Uhr abends, als in Pera die ersten Schaufensterscheiben barsten, wurde ihnen klar, dass seine Warnung ernst zu nehmen war.

»Was war das?«, fragte Vassilis.

Sotiria zuckte mit den Schultern.

»Nach dem Ende der Kundgebung zertrümmern sie noch schnell ein paar Scheiben, um Dampf abzulassen.«

Doch es blieb nicht bei ein paar Schaufenstern. Das diffuse Getöse wuchs an, und langsam konnte man einzelne Geräusche herausfiltern. Zum Klirren von berstendem Glas kam ein dröhnendes Geräusch wie von Glockenschlägen hinzu, das zusammen mit dem Triumphgejohle der Menge zu einem höllischen Lärm anschwoll.

»Sie schlagen die Läden ein!«, rief Sotiria voller Angst.

Die dröhnenden Schläge, die an ihr Ohr drangen, stammten von den Hieben auf die heruntergelassenen Rollläden.

»Mein Gott, sie schlagen unsere Läden kurz und klein!«, schrie Sotiria und lief zum Fenster.

Unten auf der Straße war keine Menschenseele zu sehen. Die Glassplitter der Schaufenster, das Hämmern – dong, dong, dong – gegen die Rollläden und das Gejohle des Pöbels hatten sich zu einem Wirbelsturm gesteigert, der die Straßen leergefegt und die Leute in die Häuser getrieben hatte.

Es klingelte beharrlich an der Haustür. Ein ungeduldiger Besucher schien draußen zu stehen und dringend hereinzuwollen.

»Mach nicht auf!«, rief Vassilis Sotiria zu. »Hast du nicht gehört, was Nuri gesagt hat? Mach nicht auf!«

»Jetzt mach aber halblang, Vassilis! Wer unsere Wohnung stürmen will, wird doch nicht an der Haustür läuten! Der schlägt die Tür einfach ein!«

Sotiria hatte offensichtlich recht, denn kurz darauf stürmte Marika herein.

»Draußen ist die Hölle los!«, rief sie. »Eine Katastrophe von biblischen Ausmaßen! Ich wollte am Taxim-Platz den Bus nehmen, aber ich kam nicht durch! Sie sind in die Innenstadt gekommen und zerstören die Läden der Griechen! Einige tragen Fahnen, die übrigen Spitzhacken, Schaufeln, Schlagstöcke und alles sonst noch Erdenkliche! So etwas habe ich noch nie gesehen!«

»Wer läuft da mit? Kurden und Schnurrbartträger aus dem tiefsten Anatolien?«

»Die meisten sind rohes Pack aus dem Osten, es sind aber auch junge Frauen in Etuikleidern und mit Stöckelschuhen darunter, die Schaufenster einschlagen und an sich raffen, was sie kriegen können.«

Vor ihrem Wohnhaus war das erste Zersplittern einer Scheibe gegen sechs Uhr zu hören. Die beiden Frauen stürzten zum Fenster.

»Das war bei Stelios, dem Friseur«, bemerkte Marika. »Was gibt es in einem Frisiersalon zu holen? Trockenhauben und Brennscheren!«

»Wart's ab, das ist erst der Anfang. Die werden noch mehr kaputtschlagen, keine Sorge.«

»Diese Gierschlunde leben doch schon seit der Osmanenzeit von Plünderei«, pflichtete ihr Marika bei.

Wieder läutete es an der Wohnungstür. Sotiria ging aufmachen, da sie mit Nuri rechnete. Doch es war Emine. Das Wohnhaus verfügte über zehn Apartments. In fünf davon lebten Griechen, eins war von einer armenischen Familie bewohnt, und in den übrigen wohnten Türken. Emines Apartment lag direkt über ihnen in der fünften Etage. Ihr Mann war Direktor des Banco di Roma. Es waren ruhige und höfliche Nachbarn, doch bis auf ein paar Worte im Vorbeigehen, am Eingang des Wohnhauses oder auf dem Treppenabsatz tauschten Sotiria und Vassilis mit ihnen keine Vertraulichkeiten aus. Manchmal, wenn Emine etwas Zitrone für ihre Artischocken oder Sotiria eine Knoblauchzehe für Auberginen-Imam brauchte, halfen sie sich gegenseitig aus. Nur dann betraten sie die fremde Wohnung und plauderten kurz in der Küche. Obwohl sie einander sympathisch fanden, blieb ihr ganzer sozialer Kontakt auf diese kurzen Treffen beschränkt. Manchmal fördert eine gewisse Distanz den Fortbestand wechselseitiger Sympathie mehr als allzu viel Nähe.

»Kommen Sie doch zu uns nach oben«, wandte sie sich an die drei. »Vielleicht passiert ja auch nichts, aber man kann nie wissen. Bei uns sind Sie in Sicherheit. Das meint auch Altan, mein Mann.«

»Hat Ihr Mann gewusst, dass es so weit kommen würde?«, fragte Marika mit dem angeborenen Misstrauen, das Griechen Türken gegenüber überall und jederzeit an den Tag legten.

»Altan hat sich genauso wie seine Kollegen gewundert, als die Direktion sie um zwei Uhr alle nach Hause schickte. Als er dann die Kundgebung sah, dachte er, man habe sie vorsorglich heimgeschickt, damit sie nicht hineingerieten. Er hatte keine Ahnung von dem, was jetzt passiert.«

›Wer's glaubt, wird selig‹, dachte Sotiria.

Emine beharrte weiter: »Liebe Sotiria, kommen Sie doch bitte zu uns nach oben, bis diese wilden Horden fort sind und sich die Lage beruhigt hat.«

»Liebe Sotiria« hatte sie auf Griechisch gesagt, den Rest auf Türkisch. Sotiria konnte hören, wie sich der feindliche Ansturm auf der Straße verstärkte. Darüber hinaus hatte sie zu Nuri, dem Hausmeister, überhaupt kein Vertrauen. Sie warf ihrem Mann, der schweigend auf dem Sofa saß, einen fragenden Blick zu.

»Frau Emine hat recht«, meinte Vassilis. »Sicher ist sicher.«

Das gab für Sotiria den Ausschlag. Ohne ein Wort begab sie sich zur Tür, Marika und Emine folgten ihr. Der Einzige, der sich nicht von der Stelle rührte, war Vassilis. Die drei Frauen bemerkten es erst, als sie auf der Türschwelle standen.

»Und was ist mit dir? Kommst du nicht mit?«, fragte Sotiria verwundert.

»Ich bleibe hier.«

»Hast du nicht gerade gesagt: Sicher ist sicher?«

»Wenn's brenzlig wird, komme ich hoch.«

Er war der Mann im Haus und fühlte sich sichtlich verpflichtet, die Wohnung zu beschützen.

Kaum war er allein, schloss Vassilis die Fenster und zog die Gardinen zu. Die Wohnung lag im Dunkeln, vollkommen abgeschottet von der Außenwelt. Das Getöse auf den Straßen klang fern, dumpf und fast übernatürlich. Vassilis blieb steif und starr und in sein Schicksal ergeben an seinem Platz sitzen. Er wusste, dass er am nächsten Morgen in einem anderen Istanbul aufwachen würde, dass er ein anderes Leben führen und andere Ängste spüren würde. Doch im Moment hatte er nicht einmal die Kraft, aus dem Fenster zu blicken.

Irgendwann, draußen war es schon stockdunkel, veränderten sich die hereindringenden Geräusche. Die Zerstörungswut und das Geschrei flauten ab, und an ihre Stelle trat ein monotoner Klang, der über das Straßenpflaster heranzurollen schien. Es waren die Raupenketten der Panzer, die über die Große Straße von Pera ratterten. Das geschah um Mitternacht von Dienstag auf Mittwoch.

Mittwoch, 7. September 1955

Als er am nächsten Morgen aus dem Wohnhaus trat, erkannte er das ganze Ausmaß der Katastrophe – oder zumindest das, was sich seinem Blick bot. Nahezu alle Fensterscheiben der ebenerdigen Wohnungen waren zertrümmert und die Gardinen zerfetzt. Bei einigen Wohnhäusern war es den Randalierern gelungen, die Haustür aufzubrechen und ins Gebäude einzudringen.

Nuri, der Hausmeister, stand auf der Eingangstreppe. Als er Vassilis aus der Tür treten sah, schüttelte er den Kopf und zuckte dann verlegen die Achseln.

Vassilis drehte sich um und betrachtete sein Wohnhaus. Hier war keine einzige Fensterscheibe zu Bruch gegangen.

»Wieso sind ausgerechnet wir mit dem Schrecken davongekommen?«, fragte er Nuri überrascht.

»Ich habe gesagt, dass hier nur Türken wohnen.«

»Und das hat man dir geglaubt?«

Nuri trat auf ihn zu und flüsterte ihm ins Ohr:

»Schau auf die Klingelschilder, Vasil Efendi.«

Als Vassilis genau hinsah, begriff er, dass alle griechischen Namen getilgt waren. Eine große Dankbarkeit stieg in ihm auf, und gleichzeitig fühlte er sich schuldig, da er Nuri gestern noch misstraut hatte.

Als er nach Pera kam, realisierte er schließlich das wahre Ausmaß der Katastrophe: Überall sah er die Auswirkungen hemmungsloser roher Gewalt. Er unterließ es, beim griechischen Konsulat vorbeizugehen. Nicht, weil er befürchtete, es in Schutt und Asche vorzufinden – er war sich sicher, dass man für seinen Schutz gesorgt hatte –; vielmehr aus einem anderen Grund: Er versuchte, seinen Weg zur Arbeit so lange wie möglich hinauszuzögern, um sich innerlich gegen den Anblick der Tuchhandlung zu wappnen, die bestimmt in Trümmern lag. Dass man sie kurz und klein geschlagen hatte, bezweifelte er keine Sekunde. Er setzte seinen Weg über Sıraselviler fort, dort hielten sich die Schäden in Grenzen, da die meisten Geschäfte Apotheken waren und türkische Inhaber hatten. In der Nähe lagen zwei Spitäler, das Deutsche Krankenhaus und das Universitätsklinikum am Taksim-Platz.

Als er in die Meşelik-Straße einbog, traf ihn der Anblick wie ein Keulenschlag. Die Tore der Sappion-Mädchenschule standen sperrangelweit offen. Das eindrucksvolle Portal war vollkommen zerstört, die Türen der Büros waren aufgerissen und die Einrichtung vollkommen zertrümmert.

Nebenan stieg von der Dreifaltigkeitskirche Rauch auf. Im Innenhof schob ein einsamer Soldat Wache.

›Der wurde im Nachhinein aufgestellt, um uns Sand in die Augen zu streuen‹, dachte Vassilis. ›Zuerst wird alles niedergebrannt, und die Überreste bekommen dann einen Wachposten.‹

Er ging auf das Kirchenportal zu, doch der Soldat hatte mitten im Innenhof mit geschulterter Waffe Aufstellung genommen. Vassilis blieb vor ihm stehen und schlug ganz demonstrativ das Kreuzzeichen. Der Wachposten blickte ihn wortlos an. Einen kurzen Moment sahen sie sich in die Augen, dann gab der Soldat den Weg frei und ließ ihn passieren.

Als Vassilis in die Kirche trat, meinte er, in einer Höhle voller Stalaktiten zu stehen. Überall tropfte Wasser herab, von der Kuppel, vom Altar, von den Kandelabern ... Das war das Resultat des Feuerwehreinsatzes, der vielleicht mit guter Absicht erfolgt war, um das Feuer unter Kontrolle zu bringen, vielleicht aber auch nur als Vorwand diente, die übriggebliebenen Reste auch noch zu vernichten. Der gute Wille einerseits und die heimliche Absicht andererseits, noch mehr Schaden anzurichten, waren nicht mehr auseinanderzuhalten.

Als er von der Meşelik-Straße nach Pera kam, hielt er einen Augenblick an, um seine Augen an den Anblick zu gewöhnen. Er sah Geschäfte mit hochgerissenen Rollläden und offen daliegende, geplünderte Schaufenster. Dazwischen lagen unangetastet gebliebene Läden mit gehisster türkischer Fahne, als wäre die Zerstörung Anlass für einen nationalen Feiertag. Die Flaggen kennzeichneten die Läden in türkischem Besitz, die verschont werden sollten.

Obwohl Vassilis nicht weiter als nach Galatasaray blicken konnte, war er sicher, dass er sein eigenes Geschäft genauso vorfinden würde. Dort gab es keinen Nuri, der es beschützt hätte. Als er nach links einbog, hatte er auf einmal das Gefühl, als sei er fünfzehn Zentimeter größer geworden. So hoch war die Schicht aus Glassplittern, zerfetzten Stoffballen, einzelnen Schuhen, zerrissenen Kleidungsstücken und Unterwäsche, die das Straßenpflaster bedeckte. Vollkommen leergeräumt waren die Juweliere, dort war nichts zurückgeblieben als Schaufenstersplitter und leere Schmuckkissen. Auf beiden Straßenseiten wühlten Menschen, gebückt und mit bloßen Händen, in den Schichten edelster Luxuswaren, die am Boden lagen. Sie hofften, ein paar Schmuckstücke zu retten, die dem Mob in seiner Raserei entgangen waren, eine Tuchrolle, die noch gut erhalten war, oder ein ganzes Paar

Schuhe, das noch zu gebrauchen war. Sie waren zu Lumpensammlern ihres einstigen Reichtums geworden.

Obwohl er sich innerlich auf den Anblick vorbereitet hatte, musste er innehalten, sich gegen eine Mauer lehnen und die Augen schließen, als er vor seiner Tuchhandlung angelangt war. Nichts war mehr so, wie es einmal gewesen war. Nackt und kahl starrten ihm die demolierten Regale entgegen. Die übriggebliebenen Tuchrollen waren auf den Boden geschleudert worden. Eine rote Stoffbahn schmückte den Eingang des Ladens wie ein roter Teppich, der für hohen Besuch ausgerollt schien.

Vassilis war sofort klar, dass hier nichts mehr zu retten war. Alle Tuchrollen waren weg. Die Regale mussten von Grund auf repariert werden. Er würde sich in Schulden stürzen müssen, um das Geschäft zu renovieren. Die Wohnung würde er dabei mit Sicherheit nicht halten können. Am vernünftigsten wäre es, nach Mega Revma in sein Elternhaus zu ziehen. Aber wie sollte er Sotiria davon überzeugen, mit ihrer Schwiegermutter zusammenzuleben?

Doch erst mal musste er sich ein genaues Bild von der Lage machen. Er stieg auf die Galerie zur Schneiderwerkstatt hoch, um dort die Schäden zu begutachten. Die Nähmaschine war zertrümmert, und der Arbeitstisch war entzweigehackt. Die Überreste erinnerten an zwei Kinderrutschen. Nähseide, Garnrollen und Stecknadeln lagen auf dem Boden verstreut. Das Bügeleisen war nirgends zu sehen, und von den vier Anzügen, die gerade in Arbeit gewesen waren, hatten sich die beiden, die fast fertig waren, in Luft aufgelöst, und die anderen beiden waren mit der Schere brutal geviertelt worden.

Gegen zwölf Uhr mittags tauchte Ministerpräsident Adnan Menderes mit seiner Entourage in Pera auf. Sein Gesichtsausdruck, der in guten Zeiten schon an einen geprügelten Hund erinnerte, wirkte heute noch unterwürfiger. Er ging durch Pera, blieb da und dort stehen, schüttelte Hände und brachte mit heuchlerischer Miene Versprechungen und Trostworte hervor. Einige Griechen behaupteten später, beim Anblick der angerichteten Schäden habe Menderes ausgerufen: »Mein Gott, was habe ich getan!«

Allerdings wird das von keiner anderen Quelle bestätigt, was beweist, dass dieser Ausruf nur ein frommer Wunsch der in der Türkei lebenden Griechen war. Sie hofften auf einen Ausdruck der Reue von offizieller Seite, nicht so sehr im christlichen Sinne des Schuldeingeständnisses als vielmehr im Sinne der Menschlichkeit. Sie hofften auf eine Geste der Demut dessen, der die Ausschreitungen zu verantworten hatte.

Vassilis hatte keine Lust, am Laufsteg, den Menderes mit seinen Kondolenzbekundungen entlanglief, Aufstellung zu nehmen. Und noch weniger Lust hatte er, mit ihm um die Wette zu heucheln, da keiner von ihnen beiden es wagen würde, die Wahrheit zu sagen. Der eine war ja Politiker und der andere ein in ständiger Angst lebender Angehöriger einer Minderheit.

Also trat er wieder in seinen ruinierten Laden und blickte sich ganz verloren um. Es überstieg seine Vorstellungskraft, das Ausmaß der Schäden einzuschätzen, ganz zu schweigen davon, welche finanziellen und familiären Auswirkungen das Ganze auf ihn haben würde. Mit einem Mal merkte er, dass er mit Sotiria hätte herkommen sollen. Mit ihrer praktischen und zupackenden Art wäre sie ihm jetzt eine Stütze gewesen. Eigentlich wäre es am klügsten gewesen, den Eingang mit ein paar Holzbalken zu verrammeln und nach Hause zu gehen. Antonis, sein Angestellter, und Karnik, der Schneider, waren gar nicht erst erschienen, da die meisten öffentlichen Verkehrsmittel anscheinend nicht funktionierten. Nur die Fähren zu den Prinzeninseln und auf dem Bosporus waren regulär in Betrieb, ebenso wie der Tünel, die kleine U-Bahn zwischen Galata und Pera. Doch da alle Geschäftsleute wie Ehrenwachen vor den Ruinen ihrer Existenz ausharrten, blieb auch er in seinem Laden.

Da er nichts Besseres zu tun hatte, begann er an den Regalbrettern herumzufummeln, wie um sich selbst davon zu überzeugen, dass er die Reparaturarbeiten sogleich in Angriff nahm. Die meisten waren entzweigebrochen, andere waren herausgerissen und zu Boden geschleudert worden, wieder andere hingen mit gelösten Dübeln von der hölzernen Wandverkleidung. Die meisten davon konnte man wieder an Ort und Stelle setzen, indem man ihre Sockel festschraubte.

Im Zuge dieser Arbeiten war er bis zur Treppe vorgedrungen, die zur Galerie mit der Schneiderwerkstatt hochführte. Beim Versuch, ein Regalbrett einzupassen, spürte er, wie sich ein Teil der Wandverkleidung lockerte. Sie war uralt und stammte noch aus den Tagen seines Großvaters. Sein Vater hatte sich geweigert, sie auszutauschen, da er das erste Ladengeschäft der Samartsis-Familie im historischen Zustand erhalten wollte. Vassilis hatte den Wunsch seines Vaters respektiert, obwohl er die Einrichtung als altmodisch und ein bisschen heruntergekommen empfand. Deshalb maß er dem kleinen Schaden keine allzu große Bedeutung bei.

Doch gerade als er sich vorgenommen hatte, die

Verkleidung im Zuge einer Generalrenovierung wieder richtig anzubringen, gab der ganze Teil der Holzverkleidung nach und kippte nach vorne. Innerlich fluchend wich er einen Schritt zurück.

Hinter dem Teil, der sich gelöst hatte, erblickte er zu seinem Erstaunen an der Wand eine niedrige quadratische Eisentür, nicht größer als ein Meter mal ein Meter. Ein Mensch, der sich ganz tief bückte, passte mit Müh und Not durch. Die Holzverkleidung hatte an der Rückseite eine Aussparung, in die der Türriegel genau hineinpasste.

Die Tür war zu, aber nicht verriegelt. Vassilis stieß sie neugierig auf. Sie quietschte, ließ sich aber problemlos öffnen. Er erkannte die Stufen einer nach unten führenden Treppe, bückte sich durch die Tür und stieg ein Stück weit hinab. Abgestandene, muffige Kellerluft empfing ihn, doch in der Finsternis sah er nicht mal mehr die Hand vor Augen.

Vassilis schlüpfte zurück in den Laden, schloss das Türchen wieder und versuchte, sich zu erinnern. War irgendwann davon die Rede gewesen, dass es in der Tuchhandlung einen Keller gab? Savvas, sein Vater, hatte nie etwas Derartiges erwähnt, weder als Vassilis noch klein war, noch als er bei ihm das Handwerk erlernte. Offensichtlich wusste er nichts davon, sonst hätte er ihm den

Keller bestimmt gezeigt. Vor allem hätte er keinen Lagerraum in Kasımpaşa angemietet, wenn er geahnt hätte, dass es im Laden ausreichend Platz gab. Aber Großvater Prodromos musste davon gewusst haben. Schließlich hatte er die Holzverkleidung anbringen lassen, nach einem Modell, das er auf einer Fotografie eines Londoner Geschäfts gesehen hatte. Großvater Prodromos hielt das britische Königreich in höchsten Ehren. In seinen Augen kamen die besten Produkte dieser Welt – Stoffe, Radiogeräte, Schuhe, Nähmaschinen, Kühlschränke – aus Großbritannien. Allem Anschein nach hatte er das Kellergeschoss hinter der Holzverkleidung verschwinden lassen und es seinem Sohn gegenüber nie erwähnt. Wie auch? Er hatte ihm ja nicht einmal von seiner geplanten Abreise erzählt.

Vassilis beschloss, der Sache auf den Grund zu gehen. Wenn der Raum geeignet war, könnte er das Lager kündigen und seine Waren hierherbringen und sich die zusätzliche Miete und die Transportkosten sparen. Das war immerhin ein kleiner Lichtblick mitten im finanziellen Desaster.

Doch er brauchte eine Kerze. Im Laden standen immer Kerzen für Stromausfälle bereit. Aber wo sollte er sie in diesem Chaos finden? Ihm kam die Idee, oben in der Schneiderwerkstatt nachzusehen. Er wusste, dass Karnik immer Kerzenwachs zur

Hand hatte. Und tatsächlich fand er das Gesuchte in einer Schublade des entzweigehauenen Arbeitstisches.

Er zwängte sich wieder durch die Eisentür und zog vorsichtshalber den weggebrochenen Teil der Holzverkleidung vor die Öffnung im Gemäuer. Bestimmt war es besser, wenn man von der Straße aus den Eingang zum Keller nicht sehen konnte.

Die Treppe war nicht sehr lang, sie hatte gerade mal fünf Stufen. Vassilis blieb auf der zweiten Treppenstufe stehen und leuchtete mit der Kerze voran. Er erstarrte vor Schreck. Mitten im Raum erkannte er ein menschliches Skelett, das mit ausgebreiteten Armen dalag. Der Totenkopf war zur Seite gedreht, so dass nur die eine Schädelhälfte zu sehen war. Es musste eine mittelgroße Person gewesen sein, doch Geschlecht und Identität waren unmöglich auszumachen.

Vassilis wäre am liebsten Hals über Kopf davongerannt. Doch er beherrschte sich und lauschte einen Moment lang den umherhuschenden Mäusen. Als er seine Erregung etwas im Griff hatte, verfluchte er sein Schicksal. Nicht genug mit der Tragödie, die sich über der Erde abspielte, jetzt musste er sich auch noch mit einer zweiten herumschlagen, die sich unter der Erde zugetragen hatte. Wessen Skelett war das? Und wie viele Jahre lag es schon hier? Mit diesen Fragen hielt er sich nicht lange auf, da sie ihn im Grunde nicht besonders interessierten. Vielmehr brannte ihm ein anderes Problem unter den Nägeln: Was sollte er mit dem Skelett tun? Vielleicht war es das Beste, es hier liegen zu lassen, das Türchen zu verschließen und sich nicht mehr darum zu kümmern. Aber wie sollte das gehen? Wie sollte es ihm gelingen, angesichts eines Skeletts im Keller die Nerven zu bewahren? Und wenn morgen die Holzverkleidung kaputtging und man sie auswechseln musste, was war dann? Abgesehen davon konnte er sich nicht vorstellen, hier weiterzuarbeiten, im Wissen, dass knapp unter seinen Füßen ein unbekannter Toter lag.

Dann löste er kurz seinen Blick vom Skelett und schaute sich im Kellerraum um. An der gegenüberliegenden Wand stand ein Bett. Die Matratze hatte sich unter der Einwirkung von Feuchtigkeit und Mäusebefall vollkommen aufgelöst. Zwei Schritte weiter standen ein Kafenion-Tischchen aus Metall und ein Baststuhl, dessen Sitzfläche ebenfalls den Mäusen als Nahrung gedient hatte. Auf dem Tischchen stand eine Petroleumlampe.

Das Einzige, was ihm sonst noch ins Auge fiel, war ein Blechkanister, der mit einer Holzplatte abgedeckt war. Er trat näher. Vielleicht konnte ja der Inhalt etwas zur Identifizierung des unbekannten

Toten beitragen. Da er sich davor ekelte, die Holzplatte mit bloßen Fingern anzufassen, gab er ihr einen Schubs mit seinem Schuh.

Er dachte, er sehe vor lauter Aufregung nicht richtig. Mit der Kerze beugte er sich tiefer über den Blechkanister. Das Gefäß war bis zur Hälfte mit englischen Goldpfund gefüllt.

Vassilis stockte der Atem.

›Entweder bin ich jetzt vor lauter Verzweiflung verrückt geworden‹, sagte er sich, ›oder ich bin hier einem Drama auf der Spur, in dem es um Leben und Tod ging.‹

Er beschloss, den Keller abzuschließen und erst mal alles zu überdenken. Diesmal verriegelte er das Türchen und schob die Holzvertäfelung davor.

Er wollte ein paar Schritte laufen, um in Ruhe nachzudenken, doch er traute sich nicht, seinen Laden allein zu lassen. Mit dem Schatz im Keller konnte er nicht einfach wie sonst die Tür abschließen und weggehen. Erst mal musste er die Goldpfund aus dem Keller schaffen. Für das Skelett würde sich dann schon eine Lösung finden. Er musste einen Weg finden, die Münzen nach Hause zu bringen, denn im Moment konnte jeder ungehindert in den Laden spazieren, und es war nicht abzusehen, wann er einen der jetzt sehr begehrten Handwerker auftreiben könnte, um neue Rolllläden anzubringen. Unter anderen Umständen hätte er vor Freude über die Gunst des Schicksals einen Luftsprung gemacht, doch Angst und Anspannung ließen ihm keine Zeit zum Jubeln.

Kaum hatte er sich auf den einzigen nach dem Ansturm noch intakten Schemel gesetzt, fiel ihm auch schon eine einfache Lösung ein. Ganz Pera war voll mit weggeworfenen, kaputten und zertretenen Waren aller Art. Er musste nur zwei Koffer auftreiben und die Goldpfund darin nach Hause tragen.

Neben dem Kino Alkazar lag Seremetoglous Lederwarengeschäft. Dort würde er mit Sicherheit zwei Koffer finden. Zwar begeisterte ihn der Gedanke wenig, seine Tuchhandlung auch nur für kurze Zeit schutzlos zurückzulassen, doch er hatte keine andere Wahl. Das Tröstliche war: Zum einen war nichts mehr da, was man hätte stehlen können, zum anderen war die Zeit des Plünderns vorbei und die Stunde der Scham gekommen.

Seremetoglous Lederwarengeschäft lag erwartungsgemäß in Schutt und Asche. Lefteris Seremetoglou saß, wie vom Blitz getroffen, in einer Ecke. Sobald er Vassilis erblickte, schüttelte er den Kopf.

»Noch so ein *darbe*«, sagte er in der türkisch-griechischen Mischsprache der Istanbuler Griechen. »Noch so ein Schlag. Mal sehen, wie viele wir noch abkriegen.« Dann brüllte er, völlig außer sich, plötzlich los: »Was habe ich mit diesen Zyprioten zu tun? Was kümmert mich diese EOKA? *Bana ne!* Die sind mir so was von egal! Bin ich etwa Zypriote?« Er kam jetzt richtig in Fahrt, lief zur Ladentür und rief den paar Passanten, die unterwegs waren, auf Türkisch entgegen: »Was geht mich Griechenland an? Was habe ich mit Zypern zu tun? Was mit Makarios, der gesagt hat, dass er auf die fünfzigtausend Istanbuler Griechen keine Rücksicht nehmen kann? Die können mich alle mal! Ich bin weder Zypriote noch Grieche. Ich bin aus Kappadokien, aus der uralten Sippe der Karaman!«

Dabei schlug er sich mit der Faust so heftig an die Brust, dass Vassilis fürchtete, er würde umkippen. Schließlich gelang es ihm, Lefteris zurück in den Laden zu ziehen. Die Passanten taten, als hätten sie nichts mitgekriegt, und gingen rasch weiter.

Lefteris seufzte tief auf.

»Beruhige dich!«, sagte Vassilis. »Oder willst du, dass sie dir den letzten Rest auch noch kaputtschlagen?«

»Wer zu spät kommt, den bestraft das Leben«, antwortete Lefteris mit einer gewissen Befriedigung. »Es gibt nichts mehr kaputtzuschlagen.«

Vassilis klopfte ihm freundschaftlich auf den Rücken.

»Keine Sorge, wir kommen wieder auf die Beine! Hast du schon mal nachgezählt, wie oft sie uns fertiggemacht und gedemütigt haben? Trotzdem rappeln wir uns immer wieder auf. Wir sind wie ein *hacıyatmaz*.«

Ein *hacıyatmaz* war ein billiges Kinderspielzeug, ein Stehaufmännchen, das anstelle von Beinen einen dicken Bauch hatte. Darin befand sich ein kleiner Ball. Wie viele Schläge man dem *hacıyatmaz* auch versetzte, er blieb nie am Boden liegen, weil er sich mithilfe des Bällchens immer wieder aufrichtete.

Lefteris machte eine Kopfbewegung, aus der nicht klar hervorging, ob er Vassilis' Worten zustimmte oder ob er sie in Zweifel zog. Die Wahrheit lag wahrscheinlich in der Mitte.

»Ich wollte dich um einen halbwegs brauchbaren Koffer bitten«, sagte Vassilis. »Bei mir liegen eine Menge Nähutensilien herum, die ich irgendwo aufbewahren möchte. Um zu retten, was noch zu retten ist.«

»Greif zu«, antwortete Lefteris und deutete mit einer unbestimmten Geste auf seinen Laden. »Ist ohnehin alles wertlos.«

Vassilis hatte sich für einen großen – schmutzigen und zerschundenen – Koffer anstelle von zwei kleineren entschieden, die vielleicht mehr Aufmerksamkeit erregt hätten. Unten im Keller polsterte er ihn zunächst mit sündteurem englischem Tuch aus, das der Pöbel in Stücke gerissen hatte. Danach leerte er den Inhalt des Blechkanisters in den Koffer, breitete den restlichen Stoff darüber und wickelte die Goldpfund fest darin ein, damit sie beim Transport nicht klirrten.

Beim Verlassen des Ladens hielt er den Koffer in der einen Hand und die Überreste einer Tuchrolle in der anderen. Die Passanten warfen ihm nur flüchtige Blicke zu und wandten ihre Gesichter rasch wieder ab.

›So sind sie, die Türken‹, dachte Vassilis. ›Auf das Hochgefühl der Zerstörungswut folgt die kurzfristige, schamhafte Verlogenheit des schlechten Gewissens.‹

Das kam ihm momentan allerdings ganz gut zupass. Trotzdem machte er lieber einen Bogen um das griechische Konsulat, das jetzt bestimmt unter Bewachung der halben Istanbuler Polizei stand. Er lief die Boğazkesen-Straße im Galatasaray-Viertel hinunter und gelangte durch ein paar enge Gässchen zur Moschee Firuz Ağa. Von dort war es nicht mehr weit bis zu seinem Haus.

Sotiria war nicht überrascht, ihn mit einem Koffer zu sehen. Sie fragte nur ergeben: »Ist das alles, was übriggeblieben ist? Wir können Gott danken, dass uns und der Wohnung nichts passiert ist!«

»Geh nicht ran, wenn jemand an der Tür läutet.«

Sotiria blickte ihn verwundert an. »Wer sollte uns an so einem Tag schon besuchen? Die Leute haben andere Sorgen.«

Vassilis öffnete wortlos den Koffer und hob den Stoff an.

»Jesus und Maria!«, rief Sotiria aus und bekreuzigte sich. »Wo hast du das her?«

Vassilis erzählte ihr die ganze Geschichte. Sotiria schlug erneut das Kreuzzeichen und hob den Blick zum Himmel.

»Gepriesen seist du, Allmächtiger! Der Herr hat's gegeben, der Herr hat's genommen.«

»Ja, gepriesen sei sein Name!«, stimmte Vassilis zu. »Weißt du, was ich mit diesem Geld alles anfangen kann? Ich kann den Laden renovieren und die Wohnung abbezahlen, und wir haben ein sorgenfreies Leben.«

Sotiria hätte ihm gern an den Kopf geworfen, dass sie ihn für den größten Vollidioten aller Zeiten hielt, aber er war ihr Ehemann und das Familienoberhaupt. Daher beschränkte sie sich auf den sanften Einwurf:

»Hast du dir das auch gut überlegt, Vassilis?«

»Wieso?«, wunderte sich ihr Mann.

»Weil man mit dem Finger auf dich zeigen wird, und zwar nicht nur die Türken, sondern auch unsere Landsleute. Sie werden sich fragen, wo du nach einer solchen Heimsuchung das Geld hernimmst, um die Wohnung abzubezahlen, und annehmen, du hortest irgendwo ein heimliches Vermögen.«

Vassilis schluckte die zutreffende und vernünftige Bemerkung seiner Frau hinunter und wechselte das Thema.

»Wo sollen wir die bloß verstecken?«, fragte er und deutete auf die Goldmünzen.

Wieder war Sotiria ihrem Mann gedanklich einen Schritt voraus.

»Komm, hilf mir«, sagte sie zu Vassilis, während sie ins Schlafzimmer ging. Sie nahm das Bettzeug ab und hievte mit Vassilis' Hilfe die obere Matratze herunter. Über die untere Matratze breitete sie ein Laken und verteilte darauf die Münzen. Danach schlug sie die Enden des Lakens ein und platzierte – wieder mit Vassilis' Beistand – die obere Matratze auf den Goldpfund.

»So, das hätten wir«, erklärte sie zufrieden.

»Meinst du, die Münzen vermehren sich still und heimlich, wenn wir sie ausbrüten?« Vassilis lachte.

Sotiria warf ihm einen strengen Blick zu, wie immer, wenn sie ihrem Mann zu verstehen geben wollte, dass sie einen Witz nicht lustig fand.

»Münzen vermehren sich nur durch kluges Nachdenken, nicht durch faules Rumliegen.«

»Schön, der Schatz ist in Sicherheit. Was aber machen wir mit dem Toten?«

»Schließ die Kellertür gut zu, schraub die Holzverkleidung an die Wand und lass ihn, wo er ist.«

»Auf gar keinen Fall!«, rief Vassilis. Diesmal duldete er keinen Widerspruch. »Ich kann unmöglich in einem Laden arbeiten, wo unter meinen Füßen ein Skelett liegt, das nicht mal ein christliches Begräbnis hatte.«

»Und was war die ganzen Jahre vorher?«

»Da habe ich ja nicht gewusst, dass es dort liegt. Jetzt aber weiß ich es! Das würde mich zu sehr umtreiben. Und soll ich dir noch was sagen? Ich glaube, dieses Skelett bringt mir Unglück und ist schuld daran, dass die Geschäfte schlechtlaufen. Willst du, dass es immer so weitergeht? Nichts da, wir müssen es loswerden!«

»Ja, aber wie? Wir können das Skelett nicht einfach in einen Koffer packen und ins Meer werfen.«

»Wir könnten zur Polizei gehen.«

»Bist du verrückt geworden?«, rief Sotiria erschrocken. »Die suchen doch nur nach einem Vorwand, um uns ins Gefängnis zu stecken. Das ist doch Wasser auf ihre Mühlen.«

»Ich rede ja nicht von der Polizei im Allgemeinen. Ich rede von Komiser Metin«, erklärte ihr Vassilis.

Sotiria wusste zwar, wie ihr Mann und der Kommissar zueinander standen. Trotzdem war sie von der Idee nicht begeistert.

»Und du meinst wirklich, dass du ihm vertrauen kannst?«

»Ja, weil er bei mir viel tiefer in der Schuld steht als ich bei ihm. Irgendwie muss er sich erkenntlich zeigen. Und das hier ist eine gute Gelegenheit dafür. Es liegt doch auf der Hand, dass ich unmöglich der Mörder sein kann.«

»Hm, dann geh in Gottes Namen.«

»Wenn er mich einbuchtet, hast du genug Geld für ein fürstliches Leben!« Vassilis lachte.

»Red das Unglück bloß nicht herbei!«

Auf dem Polizeirevier von Tarlabaşı, das Metin leitete, war der Teufel los.

›Am Abend werden die Faulen fleißig‹, dachte Vassilis.

Er fragte einen Kriminalhauptwachtmeister nach

Komiser Metin, der auf eine Tür am Ende des Korridors deutete.

Metin hielt gerade einem Untergebenen eine Standpauke. Er bemühte sich, angesichts des unerwarteten Besuchs seine Überraschung zu verbergen, und schickte den Gerügten mit einer kurzen Kopfbewegung weg.

»Was suchst du denn hier?«, fragte er Vassilis. »Ist etwas passiert?«

Vassilis setzte seine unglückseligste Miene auf und sagte seufzend: »Ich bin der größte Pechvogel aller Zeiten.«

»Sieht es sehr schlimm aus bei dir? Mein Revier war für ein anderes Viertel zuständig, deshalb konnte ich leider nichts für dich tun«, fügte er zu seiner Rechtfertigung hinzu.

»Ja, wenn es nur die Schäden wären …«

Und Vassilis erzählte ihm von der Holzverkleidung, die sich unter dem Ansturm der Plünderer gelockert hatte, von dem Türchen und dem Skelett im Keller.

»Wer könnte der Tote sein? Hast du irgendeine Idee?«, fragte Metin.

»Woher soll ich das wissen, *komiser bey*? Weder ich noch mein Vater hatten eine Ahnung, dass der Laden überhaupt einen Keller hat!«

Der Kommissar dachte kurz nach.

»Gut, geh zu deinem Geschäft zurück, sieh zu, dass die Kellertür nicht zu sehen ist, und warte auf mich«, sagte er schließlich. Dann warf er ihm plötzlich einen argwöhnischen Blick zu. »Sagst du mir auch die Wahrheit? Nimm dich in Acht! Wenn du mich anlügst, zahlen wir beide die Zeche.«

Vassilis nahm Zuflucht zu einem Schwur, was Türken immer überzeugte.

»Kann sein, dass wir einer anderen Religion angehören, aber wir glauben an denselben Gott. Und ich schwöre bei Gott!«

Er kehrte zu seiner Tuchhandlung zurück, platzierte die Holzverkleidung so vor dem Türchen, dass es ganz verdeckt war, setzte sich hin und wartete. Nach einer Weile kam Chorosoglou vorbei, was Vassilis in Unruhe versetzte. Chorosoglou war ein Schwätzer, der über seinen Geschichten leicht die Zeit vergaß. Womöglich saß er beim Eintreffen des Kommissars immer noch da. Doch nachdem sie sich über ihr Schicksal ausgetauscht hatten, brach er zum Glück schon auf, um nach seiner Wohnung zu sehen, die bei den Ausschreitungen Schaden genommen hatte.

»Weißt du, wer einer der Anführer war, als sie bei uns alles demoliert haben?«

»Woher soll ich das wissen?«

»Euer Hausmeister, die falsche Schlange.«

»Nuri?«, wunderte sich Vassilis.

»Genau.«

Vassilis begriff, was passiert war. Nuri hatte diejenigen vor Schaden bewahrt, die ihm Brot gaben, aber keinerlei Bedenken gehabt, die Wohnungen ihm unbekannter Istanbuler Griechen kurz und klein zu schlagen.

Da sich der Kommissar verspätete, wurde Vassilis ganz nervös. Ein kurzer Besuch von Andranik brachte ihm ein wenig Ablenkung. Sein Freund hatte Glück gehabt, doch in Kalyoncu Kulluk waren ein jüdischer und zwei armenische Läden Opfer der Gewalt geworden.

»Die Drei Musketiere«, lautete Andraniks Fazit, während er ergeben den Kopf schüttelte.

Komiser Metin traf schließlich in der späten Abenddämmerung ein. Vassilis hatte versucht, ein Kabel mit einer Glühbirnenfassung aufzutreiben, um eine Lichtleitung in den Keller zu legen. Doch da in Pera nach wie vor Chaos herrschte, war seine Suche erfolglos verlaufen. So beschränkte er sich darauf, noch ein paar Kerzen zu holen.

Der Kommissar untersuchte die Rückseite der Holzverkleidung.

»Komm, schau mal«, meinte er zu Vassilis und deutete auf zwei Türringe an den Enden des Hohlraums, in den der Riegel passte. »Verstehst du, was er gemacht hat, wenn er in den Keller hinunterging? Er hat einen Teil der Holzverkleidung gelockert, beiseitegeschoben und die Tür aufgemacht. Dann hat er die Verkleidung an den Türringen gepackt und wieder an Ort und Stelle geschoben. Wenn er wieder rauswollte, ging er genauso vor und rückte die Holzwand beiseite. Das System funktioniert ganz simpel und ohne viel Kraftaufwand. War das Türchen offen oder geschlossen, als du es entdeckt hast?«

»Geschlossen, aber nicht verriegelt.«

»Wenn er unten war, hat er es vermutlich nur deshalb zugemacht, damit man oben nichts hörte.«

Der Kommissar stieß das Türchen auf, nahm die Kerze, die ihm von Vassilis gereicht wurde, und stieg die ersten beiden Treppenstufen nach unten.

»Bleib oben und halt die Stellung«, sagte er zu Vassilis. »Ungebetene Besucher können wir jetzt nicht gebrauchen.«

Vassilis nahm am Eingang der Tuchhandlung Aufstellung und versperrte mit seinem fülligen Körper den Zugang. Der Kommissar brauchte keine halbe Stunde, doch Vassilis schien es eine Ewigkeit zu dauern. Als er endlich Schritte die Treppe hochkommen hörte, wandte er sich um. Der Kommissar zwängte sich aus der Tür, machte sich jedoch nicht die Mühe, sie wieder zu schließen und die Holzverkleidung davorzurücken. Stattdessen winkte er Vassilis heran.

»Hm …«, meinte er zu Vassilis und hob ratlos die Schultern. »Vielleicht hat sich die Person dort ein Versteck eingerichtet. Das Mobiliar mit Bett, Tisch, Stuhl und Petroleumlampe spricht dafür. Andererseits könnte jemand diese Dinge einfach im Keller deponiert haben. Dort bewahrt man ja generell Dinge auf, die man nicht mehr braucht.« Er hielt kurz inne und blickte Vassilis an. »Ist ja auch egal! Jedenfalls kann ich, wenn ich in meiner Eigenschaft als Polizist gerufen werde, nicht so tun, als hätte ich das Skelett nicht gesehen. Nicht nur wegen des Risikos, dass etwas schiefgeht, die Sache herauskommt und wir beide im Schlamassel stecken. Es geht auch um die dienstliche Pflicht. Das heißt nicht, dass ich dir nicht glaube«, versicherte er Vassilis rasch. »Aber wenn sich eindeutig feststellen lässt, dass du mit dem Skelett nichts zu tun hast, bin ich genauso aus dem Schneider wie du. Ich habe deshalb einen Krankenwagen gerufen, der den Toten zur Gerichtsmedizin bringt.«

»Und wie soll ich das Ganze den Nachbarn erklären?«, fragte Vassilis ängstlich.

»Du sagst ihnen, dass ein Toter gefunden wurde, dass du mich gerufen hast und ich dir Schweigepflicht auferlegt hätte. Für den Abtransport decken wir das Skelett gut zu. So werden alle annehmen, dass eine Leiche auf der Bahre liegt. Außerdem ist es nicht die erste, die wir heute gefunden haben.«

»Und was wirst du offiziell angeben?«

»Die Wahrheit. Dass wir eine skelettierte Leiche unbekannter Identität gefunden haben.«

Kurz darauf fuhr der Krankenwagen vor. Die Sanitäter luden den Toten auf Metins Geheiß ein und fuhren ihn weg. Vassilis servierte seinen Nachbarn die vom Kommissar vorgeschlagene Erklärung. Keiner zweifelte daran. Alle schüttelten ergeben den Kopf über ein weiteres Opfer türkischer Barbarei.

Als Vassilis nach Hause kam, war Sotiria nicht da. Sie hatte ihm einen Zettel mit der Nachricht hinterlassen, dass sie zu seiner Mutter gefahren sei. Er beschloss, ihr zu folgen, und nahm den Bus nach Mega Revma.

Seine Mutter war zwar verängstigt, aber wohlauf. Ihre Wohnung hatte nichts abbekommen. Sotiria schlug vor, in Mega Revma zu übernachten, um die Schwiegermutter nicht allein zu lassen. Dafür erhielt sie immerhin ein wenn auch gepresstes »Danke, meine Tochter«.

Über das Geheimversteck, das Skelett und die Goldmünzen verloren sie, als hätten sie sich abgesprochen, Vassilis' Mutter gegenüber kein Wort. Je mehr Zeit verging, desto mehr beruhigte sich Vassilis. Er versuchte sich davon zu überzeugen, dass er zu Komiser Metin vollstes Vertrauen haben konnte. Trotzdem wurde seine Freude über den unverhofften Schatz vom unsicheren Ausgang der gerichtsmedizinischen Untersuchung getrübt. Der Schatz und der Tote hatten etwas gemeinsam: Bei beiden war die Herkunft ungeklärt.

Epilog: Donnerstag, 8. September 1955

Am nächsten Morgen beschloss Vassilis, Doktor Mahmut Zengin, dem er die Wohnung in Cihangir abgekauft hatte, einen Besuch abzustatten. Da die öffentlichen Verkehrsmittel wieder einigermaßen funktionierten, nahm er den Bus vom Taksim-Platz zum Amerikanischen Krankenhaus in Nişantaşı, wo der Arzt als Röntgenologe arbeitete.

Vassilis wartete eine halbe Stunde in dem kleinen Wartesaal der Abteilung für Röntgenologie, bis Zengin ihn abholte. Er war ein großgewachsener, dürrer Fünfzigjähriger mit kräftigem Schnurrbart. Mit ausgestreckter Hand trat er auf Vassilis zu und schenkte ihm einen warmen Händedruck.

»Vasil Efendi, für die letzten Tage steht das

ganze Land am Pranger. Ganz ehrlich, ich schäme mich zutiefst. Und ich weiß nicht, wie wir diese Schande je wieder loswerden sollen.«

Vassilis reagierte mit einem tiefen Seufzer, was bei den Istanbuler Griechen schon zur Gewohnheit geworden war.

»Meine Frau und ich hatten Glück. Immerhin waren wir nicht in Lebensgefahr, und auch die Wohnung ist heil geblieben. Der Laden allerdings ist vollkommen zerstört.«

»Ja, seit gestern höre ich sowohl hier als auch außerhalb des Krankenhauses ähnliche Geschichten. Und dann redet man davon, dass die Türkei zu Europa gehört. Wie soll das gehen? Hier herrscht der tiefste Orient.«

»Ich bin gekommen, Mahmut Bey, um dich wegen der Wohnung um einen Aufschub für die Einlösung der Wechsel zu bitten«, sagte Vassilis. »Ich fange wieder bei null an.«

»Mach dir deswegen keine Gedanken. Wenn du so weit bist, gibst du mir einfach Bescheid. Dann stellen wir neue Wechsel aus. Zumindest diese Sorge kann ich dir nehmen.«

»Vielen Dank, Mahmut Bey.«

»Soll das ein Witz sein? Das ist das Mindeste, was ich tun kann.«

Zengin begleitete Vassilis bis zum Ausgang der

Röntgenabteilung, und dabei versicherte er ihm noch einmal, wie sehr ihn die Ereignisse bestürzt hätten und dass er sich keine Sorgen machen solle, die Wechsel könnten warten.

Als Vassilis am Taxim-Platz aus dem Bus stieg, spielte er kurz mit dem Gedanken, rechts nach Tarlabaşı einzubiegen, um Komiser Metin auf dem Revier zu besuchen. Doch er erinnerte sich, dass ihm der Kommissar gestern eingeschärft hatte, er würde ihn nach Eintreffen des gerichtsmedizinischen Gutachtens sofort persönlich informieren. Letztendlich könnte Metin sein Interesse missverstehen und den Eindruck bekommen, dass er etwas zu verbergen hätte. Die Istanbuler Griechen standen bei den meisten Türken und vor allem bei der Polizei ohnehin unter Generalverdacht. Wenn dann so ein zwielichtiger Grieche auch noch einen auffälligen Eifer an den Tag legte, war das Urteil schon so gut wie gefällt.

In der Tuchhandlung waren Antonis und Karnik am Aufräumen: Sie sortierten die Dinge aus, die noch brauchbar oder gar heil geblieben waren.

»Entschuldigen Sie, Chef, aber gestern konnte ich unmöglich kommen«, entschuldigte sich Antonis.

»Du brauchst dich nicht zu rechtfertigen, nach solchen Ausschreitungen ist das doch klar«, antwortete Vassilis und machte innerlich drei Kreuze, dass er gestern allein gewesen war und kein anderer den Keller zu Gesicht bekommen hatte.

Nun erzählten sie sich gegenseitig, was sie am Tag zuvor alles erlebt hatten. Antonis berichtete über die Zerstörungen in Hasköy und im Fener-Viertel, wo das Ökumenische Patriarchat lag. Er selbst war mit ein paar eingeschlagenen Fensterscheiben davongekommen. Karnik erzählte von Gewalttaten in Psomathia und vom Kinderarzt Ilias Sarafidis, der sich mit seiner Doppelflinte den Eindringlingen auf der Türschwelle entgegengestellt und ihnen gedroht hatte, bevor er an der Reihe sei, würde er noch ein paar von den Angreifern erledigen. Daraufhin hatte der Pöbel kehrtgemacht und war verschwunden.

Als die Geschichten zu Ende erzählt waren, begannen sie lustlos und müde den Laden aufzuräumen, als sei das Ganze ohnehin vergebliche Liebesmüh. Vassilis beteiligte sich zwar an den Gesprächen und der Aufräumaktion, aber seine Gedanken waren ganz woanders. Je länger es dauerte, bis sich der Kommissar meldete, desto größer wurde seine Angst. Dann schaute Chorosoglou vorbei. Er hatte von »der Leiche« gehört, die man am Vortag aus dem Laden abtransportiert hatte, und wollte Einzelheiten erfahren. Vassilis tischte ihm die Geschichte vom Unbekannten auf, der sich vermutlich vor seinen Verfolgern in den Laden geflüchtet hatte und auf die Galerie hochgestiegen war, wo man ihn dann in die Enge getrieben und getötet hatte.

Es war bereits fünf Uhr nachmittags, als endlich ein Nachtwächter, die allerunterste und jämmerlichste Stufe der türkischen Sicherheitskräfte, erschien und ihm Bescheid gab, dass ihn Komiser Metin auf dem Polizeirevier erwarte.

»Das wird wegen der gestrigen Leiche sein«, erklärte er Antonis und Karnik und riet ihnen, den Laden zu schließen und nach Hause zu gehen.

Der Nachtwächter ließ ihn nicht aus den Augen, als fürchtete er, Vassilis könnte sich aus dem Staub machen. Sie gingen die Hamalbaşı-Straße hinunter und bogen dann nach rechts in den Tarlabaşı-Boulevard ein. Bis zu ihrer Ankunft am Polizeirevier wechselten sie kein Wort. Der Nachtwächter bedeutete ihm zu warten und trat in das Büro des Kommissars, kam jedoch gleich wieder heraus und hielt ihm die Tür auf.

Metin forderte Vassilis auf, Platz zu nehmen, und kam sofort zur Sache.

»Es sieht gut für dich aus. Der offizielle Obduktionsbericht liegt zwar noch nicht vor, aber laut Gerichtsmediziner konnten keine Spuren von Gewalteinwirkung festgestellt werden. Die Untersuchung des Beckens hat ergeben, dass es sich um einen Mann handelte. Aller Voraussicht nach ist er eines natürlichen Todes gestorben.«

»Ja, aber wann?«, wunderte sich Vassilis. »Nicht einmal mein Vater wusste anscheinend etwas von diesem Keller.«

Metin lachte auf.

»Dieser Mann ist seit mindestens dreißig Jahren tot. Darauf lassen die gerichtsmedizinischen Knochen- und Zahnbefunde schließen. Diese These wird durch ein Stück Leder erhärtet, das man in der Nähe seiner Füße fand und das von einem Schuh stammen muss, den die Mäuse noch nicht ganz aufgefressen hatten.«

In diesem Augenblick ging Vassilis auf, dass der Tote niemand anderes als sein Großvater sein konnte. Prodromos Samartsis war weder vom britischen Hochkommissariat ins Ausland geschleust worden, noch war er mit einer englischen Sekretärin durchgebrannt. Er hatte sein Immobilienvermögen flüssig gemacht, weil er befürchtete, der türkische Staat könnte es konfiszieren, hatte es sich in britischen Goldpfund auszahlen lassen, im Keller versteckt und für einen Neubeginn zur Seite gelegt. Denn auch sein Großvater war ein Stehaufmännchen. Und es würden wieder bessere Zeiten kommen.

Unklar blieb, ob sein Großvater sich zum Zeitpunkt seines Todes bereits in dem Keller versteckte, oder ob er ihn nur für alle Fälle ausgestattet hatte. Höchstwahrscheinlich hatte ihn im Keller ein tödlicher Schlaganfall oder Herzinfarkt ereilt. Seine Frau, sein Sohn und seine Schwiegertochter dachten, er habe die Familie wegen einer unscheinbaren Engländerin verlassen. Dabei lag er tot im Keller der Tuchhandlung und verweste, während oben sein Sohn und danach sein Enkel den Laden führten.

Vassilis hatte den Kopf in die Hände gestützt, als ob er seinen inneren Aufruhr so besser kontrollieren könnte. Der Kommissar sah ihn gespannt an.

»Was ist los? Ist dir dazu etwas eingefallen?«, fragte er schließlich.

»Dieses Skelett muss mein Großvater sein«, erwiderte Vassilis und erzählte dem Kommissar freimütig die Geschichte.

Metin blickte ihn längere Zeit wortlos an. Schließlich fragte er: »Dein Großvater war Mitarbeiter des britischen Hochkommissariats?«

»Ja, eine Weile. Da war er auch nicht der Einzige«, fügte er hinzu, als müsste er die Haltung seines Großvaters rechtfertigen.

»Nein, es waren tausendfünfhundert von euch und fünfhundert Armenier«, entgegnete der Kommissar kühl. »Deshalb können Türken und Griechen auf keinen grünen Zweig kommen. Ganz tief drinnen lauert selbst im besten Griechen ein Verräter. Sogar in dir, obwohl man dich von einem Türken nicht unterscheiden kann. Egal, wie lange wir Freunde sind, irgendwann kommt der Tag, wo ihr uns in den Rücken fallt.«

Diese Reaktion hatte Vassilis nicht erwartet. Perplex starrte er den Kommissar an, während gleichzeitig Entsetzen in ihm hochkroch.

»Aber das ist fünfunddreißig Jahre her«, stammelte er.

»Dann hör dir mal meine Geschichte an: Unter der Herrschaft der Entente-Mächte arbeitete mein Vater als Wächter in einem prächtigen Bürogebäude, das einem gewissen Jorgakis Efendi gehörte. Den Nachnamen weiß ich nicht, weil mein Vater ihn immer nur mit ›Efendi‹ angesprochen hat. Er hatte eine Etage für sich behalten und vermietete das übrige Gebäude. Dieser Jorgakis Efendi klopfte jedes Mal, wenn er das Palais betrat, meinem Vater mit den Worten auf die Schulter: ›Keine Sorge, Halil. Sobald Konstantinopel wieder unser ist, wird's dir viel besser gehen.‹ Verstehst du, was er sagen wollte? Dass wir als eure Sklaven und der Entente-Mächte besser dastehen würden. Ich bin aus zwei Gründen Polizist geworden. Erstens, weil wir sehr arm waren und die Arbeit bei der Polizei die einzige Möglichkeit bot, etwas aus meinem Leben zu machen. Und zweitens, weil mir mein Vater diese Geschichte immer wieder erzählt hat.«

Der Kommissar pausierte kurz, bis er seine Erregung wieder im Griff hatte, und fragte Vassilis dann: »Kannst du beweisen, dass das Skelett dein Großvater ist?«

»Er ist in seinem eigenen Laden gestorben. Genügt das nicht als Beweis?«, stotterte Vassilis.

»Du kannst die Freigabe der Leiche zwar beantragen, aber ich werde sie dir nicht erteilen. Ich tue dir jetzt noch einen letzten Gefallen. Ich werde nicht zulassen, dass man ihn irgendwo verscharrt, sondern ich werde dafür sorgen, dass man das Skelett der Medizinischen Fakultät als Studienmaterial für die Studenten zur Verfügung stellt. Dann kann dein Großvater wenigstens jetzt, dreißig Jahre nach seinem Tod, diesem Land noch einen Dienst erweisen.«

Er stand auf und öffnete die Tür. »Damit ist unsere ›Beziehung‹ beendet. Beim nächsten Mal kannst du keine Hilfe mehr von mir erwarten.«

Vassilis lag auf der Zunge, dem Kommissar von seinem Vater zu erzählen. Er hatte seinen ganzen Besitz für einen Kanten Brot verkaufen und zusätzlich einen Kredit aufnehmen müssen, um die

Vermögenssteuer zu bezahlen, die den religiösen Minderheiten 1942 auferlegt wurde. Sonst wäre er ins Arbeitslager nach Aşkale deportiert worden. Doch noch im gleichen Jahr – er hatte gerade aufatmen wollen, da ihm die Tuchhandlung erhalten geblieben war – steckten ihn die Türken zusammen mit anderen Angehörigen religiöser Minderheiten wie Juden und Armeniern in ein Arbeitsbataillon. Vassilis' Mutter führte von da an den Laden und fürchtete nichts mehr als den Besuch des Postboten. Sie hatte Angst, er könnte die Nachricht vom Tod ihres Mannes überbringen.

Wie lange noch sollten sie für diesen »Verrat«, wie es Komiser Metin nannte, bezahlen? Sie hatten mit der Vermögenssteuer und mit den Arbeitsbataillonen gebüßt, und gestern noch einmal … Wann würden sie endlich einen Sündenerlass bekommen? Wann würde es endlich genug sein? Das fragte sich Vassilis, doch dem Kommissar gegenüber sagte er nichts.

Ohne ein weiteres Wort verließ er das Polizeirevier und ging geradewegs nach Hause. Dort erzählte er Sotiria vom Skelett des Großvaters und dem Gespräch mit dem Kommissar. Am nächsten Tag gingen sie zusammen in die Marienkirche von Pera, die als einziges griechisches Gotteshaus erhalten geblieben war, und ließen zum Gedenken an

Prodromos Samartsis ein Totengebet lesen. Vassilis' Mutter erzählten sie nichts davon. Sie ließen sie in dem Glauben, ihr Schwiegervater habe irgendwo im riesigen britischen Commonwealth seine letzte Ruhestätte gefunden.

Zur selben Zeit, als sich diese Ereignisse abspielten, richtete sich der große türkische Lyriker Nâzım Hikmet im sowjetischen Exil mit einem Gedicht voller Liebe und Heimweh an seine Frau.

Ich bin ein Kastanienbaum im Gülhane-Park.
Doch du und die Polizei, ihr merkt das nicht.

Prodromos Samartsis hatte sich jedenfalls nicht in einen Kastanienbaum verwandelt. Vielmehr hing nun sein Skelett zu Studienzwecken im Anatomiesaal der Medizinischen Fakultät.

Die Leiche im Brunnen

Der Brunnen lag in einem Innenhof, der aussah wie die Kulisse zu Kambanellis' Theaterstück *Hof der Wunder*. Die Fenster der Häuser waren klein und vergittert und mit weißen Vorhängen geschmückt, und überall standen Blumentöpfe mit Geranien und Jasmin. Und zwar nicht, um die Athener Armenviertel mit ihrem Duft zu erfüllen, wie es die linken Romantiker gerne hören wollen, sondern um den Gestank der Gosse zu überdecken. Der Brunnen im Hof war auch der größte Unterschied zum *Hof der Wunder*. In Kambanellis' Stück kommt nämlich kein Brunnen vor.

Dass ein Brunnen – im Zeitalter städtischer Wasserwerke und moderner Stauseen – am Athener Stadtrand noch in Betrieb war, mutete seltsam an. Innenhöfe sind zwar in manchen Vierteln noch erhalten, doch alles, was malerisch und dörflich aussieht, deutet in der Regel auf eine fehlende Modernisierung hin. Was hatte also ein Brunnen hier zu suchen?

Vermutlich war er ausgetrocknet und nur als Zierde im Hof verblieben. Aber warum nur hatte der Mörder sein Opfer weithin sichtbar neben dem Brunnen zurückgelassen hatte, anstatt es in den Schacht zu werfen?

Möglicherweise war der Täter körperlich zu schwach gewesen, um die Leiche eines erwachsenen Mannes in den Schacht zu werfen. Einer Frau oder einem Kind wäre es schwergefallen, den toten Körper bis zum Brunnenrand zu schleifen und über die Mauer zu hieven – ein Kind kam allerdings statistisch gesehen als Mörder eher nicht in Frage. Höchstens, es hätte sein Opfer im Schlaf überrascht. Aber im Wachzustand und auch noch durch einen Messerstich … wohl kaum. Eine Frau hingegen konnte es sehr wohl gewesen sein. Messer waren – nach Vitriol und Schädlingsbekämpfungsmittel – die drittliebste Tatwaffe von Frauen.

Der Polizeibeamte, der sich über die Leiche beugte, trug, obwohl es Hochsommer war, einen Anzug mit schräg geknöpftem Sakko, in dem er mächtig schwitzte. Immer wieder zog er ein weißes Taschentuch aus der Hosentasche und tupfte sich die Schweißperlen von Stirn, Wangen und seinem schmalen Oberlippenbart. Er blickte in ein ihm völlig unbekanntes Gesicht: das eines Mittdreißigers mit eingefallenen Wangen, schütterem und nach hinten gekämmtem dunklem Haar und einem mächtigen Schnurrbart, etwa dreimal so breit wie der des Polizisten. Sein kurzärmeliges weißes Hemd hatte sich blutrot verfärbt, auch die schwarze Hose mit der akkuraten Bügelfalte hatte ein paar Spritzer abbekommen.

›Den hat's erwischt, bevor er seinen Hochzeitsanzug anziehen konnte‹, dachte der Polizeibeamte.

Dann erhob er sich und zog das Blech beiseite, das die Öffnung des Brunnens abdeckte. Glitzernde Sonnenstrahlen tanzten auf dem Wasser.

›Wenn eine Frau der Täter ist, handelt es sich vermutlich um ein Verbrechen aus Leidenschaft. Dann kann ich die Sache in zwei Stunden abhaken‹, dachte er.

Mit seiner guten Laune war es jedoch schlagartig vorbei, als ein uniformierter Kriminalhauptwachtmeister auf ihn zutrat und ihm etwas ins Ohr flüsterte. Gegen diese Art von Herantreten und Flüstern war er allergisch. Normalerweise raunte man ihm dann etwas ins Ohr, was man auch problemlos in alle Himmelsrichtungen hätte rufen können. Diese Geheimniskrämerei nervte ihn. Manchmal wiederum wisperte man ihm vertrauliche Informationen zu, die seine Alltagsroutine durcheinanderbrachten. Das Geflüster des Kriminalhauptwachtmeisters gehörte zur zweiten Kategorie.

»Das Opfer war bekennender Linker und Gewerkschaftsaktivist.«

›Dann können wir das Verbrechen aus Leidenschaft vergessen‹, war sein erster Gedanke. Sogleich umwölkte sich seine Stirn. Ausgeschlossen, dass ihn seine Genossen umgebracht hatten. Die töteten selten eigenhändig. Wenn sie jemanden auf dem Kieker hatten, stempelten sie ihn als Verräter ab, schwärzten ihn an, worauf oft rechtsnationale Polizisten auf den Plan traten und die Drecksarbeit machten. Am ehesten hatten ihn also Handlanger des Schattenstaats auf dem Gewissen, die nun einen Weg suchten, um die Sache zu vertuschen.

»Hol mal Anweisungen aus der Zentrale ein«, sagte er zum Kriminalhauptwachtmeister.

Der andere blickte ihn verkniffen an. »Wollen Sie das nicht besser selbst tun?«, meinte er zögerlich.

»Ich muss hier die Situation im Auge behalten. Ich warte auf den Gerichtsmediziner und muss noch die Mieter vernehmen. Zu dir hat man Vertrauen, also los …«

Der letzte Satz war eine spitze Bemerkung. ›Wenn man mir schon Kotsakos als Beschatter schickt, weil sie meine politischen Überzeugungen in Zweifel ziehen, ist es besser, wenn er mit ihnen redet. Er ist ja schließlich einer von ihnen.‹

Dieses Misstrauen gegenüber seinen politischen Überzeugungen konnte er sich nicht erklären. Sein Vater war schließlich ein Getreuer des Diktators Metaxas gewesen, hatte an der Albanienfront gekämpft und danach im Bürgerkrieg in den Reihen der Nationalen Armee. Woher also dieses Misstrauen? Weil ein Cousin seines Vaters bei der Volksfront gewesen war? Wie hätte der Vater ihn beeinflussen sollen, da er doch 1944 von den Deutschen im KZ Chaidari hingerichtet wurde? Diesen Onkel hatte man in den Archiven der Deutschen aufgespürt, als man ihn anlässlich seiner Bewerbung für die Polizeischule überprüfte. Sein Vater hatte ihm die Geschichte verschwiegen, doch schließlich legte der Leiter der Gendarmerie und Trauzeuge des stellvertretenden Innenministers ein gutes Wort für ihn ein, und er wurde in die Polizeischule aufgenommen. Trotzdem klebte ihr Misstrauen seither an ihm wie eine Klette.

›Sie behalten mich, weil sie mich brauchen‹, dachte er. ›Andernfalls hätten sie mich schon längst ausgehebelt oder nach Grevena an die Nordgrenze ins Exil geschickt. Aber ich bin der Einzige, der Verbrechen untersucht und Mörder jagt. Alle anderen jagen rote Socken und Konsorten. Von echter Polizeiarbeit haben sie keinen blassen Schimmer.‹

Kotsakos beugte sich wieder zu seinem Ohr. »Der Herr Kriminalrat meint, Sie sollten diskret vorgehen, bis wir wissen, was passiert ist.«

»Na dann verjag die Schaulustigen von den Fenstern. Sie warten umsonst auf ein Kasperletheater.«

Kotsakos warf ihm einen Blick voll unterdrückter Wut zu, den er schadenfroh zur Kenntnis nahm.

›Zumindest muss er seinen Zorn hinunterschlucken und meine Anweisungen ausführen, der Spitzel‹, dachte er. ›Er genießt es, wenn er mich anschwärzen kann. Und ich genieße es, ihn zur Hilfskraft zu degradieren.‹

»Der Tote hat sich bewegt!«, ertönte plötzlich eine Frauenstimme aus einem der offenen Fenster.

»Wer hat sich bewegt?«, fragte der Polizeibeamte irritiert.

»Der Tote. Habt ihr das nicht gesehen?«

Der Polizist beugte sich über die Leiche. Unversehens fiel er aus seiner Rolle, in die er sich mit Haut und Haar hineinversetzt hatte. »He, hast du dich bewegt?«, fragte er.

»Nein«, antwortete der Tote mit ausdrucksloser Miene, wie es sich für eine Leiche gehört.

»Ich hab doch gesehen, dass er sich bewegt hat.

Ich bin doch nicht blind!«, beharrte die Frauenstimme, die aus dem Fensterchen drang.

»Ja, er hat sich bewegt!«, bekräftigte eine andere Stimme im Hintergrund, während ein langhaariger Vollbartträger herbeihastete.

»Herrgott noch mal, Stelios! Jetzt hast du schon zum vierten Mal die Aufnahme ruiniert!«

»Das ist nicht meine Schuld«, rief die Leiche und setzte sich auf. »Bleib du mal still und starr auf diesen glühend heißen Steinen liegen, während dir die Sonne aufs Hirn knallt. Dann reden wir weiter.«

»Du konzentrierst dich nicht genug. Würdest du dich an meine Anweisungen halten, wären wir schon längst fertig.«

»Du kannst mich mal, du Möchtegern-Godard«, sagte die Leiche mit leiser Stimme. Und dann, etwas lauter: »Warum lässt du mich nicht in den Brunnen werfen? Dann haben wir's hinter uns!«

»Das kannst du dir abschminken! In meinen Brunnen fällst du auf gar keinen Fall!«, ertönte die durchdringende Stimme einer alten, schwarzgekleideten Frau mit Kopftuch aus einem der Fenster.

»Das ist auch gar nicht vorgesehen! Es wird nur eine Puppe reingeworfen und auch gleich wieder rausgeholt«, erklärte die Leiche.

»Vergesst es, nicht mal ein Platanenblatt fällt in meinen Brunnen! Keinen Tag länger, ich sag's euch! Ihr habt einen Tag gesagt, und jetzt sind es schon drei. Vorgestern war ich beim Kassenarzt wegen meinem Rheuma. Er hat mir Medikamente verschrieben und Bewegung verordnet. Aber statt spazieren zu gehen, rackere ich mich jeden Abend damit ab, euch hinterherzuputzen. Und von den zweihundert Euro, die ihr mir versprochen habt, hab ich noch keinen einzigen gesehen!«

»Gehen wir, Thodoros!«, warf ein Fünfzigjähriger mit Pferdeschwanz und Dreitagebart dem Regisseur entnervt zu. »Was für einen Narren hast du an dieser bukolischen Szenerie gefressen?«

»Wie oft soll ich es dir noch sagen? Der Film spielt in den fünfziger Jahren. Und das hier ist die perfekte Kulisse dafür.«

»Ach was, Thodoros! Auf Drehortsuche bist du zufällig auf diesen Innenhof gestoßen, und plötzlich müssen es unbedingt die Fünfziger sein! Wetten, dass es in ganz Athen keinen zweiten Ort mit Fünfzigerjahre-Flair mehr gibt? Wenn du einen findest, zahl ich dir die Filmentwicklung aus eigener Tasche. Peristeri ist zu einer Art Atlantic City geworden, Kessariani zu einem Tavernenviertel, sogar die Stadtbahnstation ›Thissio‹ ist durchgestylt! Das Einzige, was in Athen noch an die fünfziger Jahre erinnert, ist die Ai-Jorgis-Kapelle auf dem Lykavittos, und das auch nur wegen des berühmten Songs von Nikos Gounaris.«

»Das Fünfziger-Jahre-Flair in Athen reicht schon noch für einen Kurzfilm«, beharrte der Regisseur.

Der Kameramann sah, dass er auf Granit biss, und ging auf die Alte zu.

»Frau Areti, morgen sind wir fertig, darauf haben Sie mein Wort«, sagte er bittend.

»Lieber Andreas, du bist der Einzige aus dieser Truppe, der mir sympathisch ist, aber bitte verlang das nicht von mir. Wenn ihr heute nicht fertig werdet, dann ist das euer Pech.«

Der Kameramann presste sein Gesicht ans Fenstergitter und flüsterte der Alten zu: »Er ist noch jung. Er versucht, sich zu profilieren. Wir alle unterstützen ihn dabei. Helfen Sie auch ein bisschen mit, damit er einen guten Start hat.«

»Ausgerechnet hier will er seine Karriere starten?«, wunderte sich die alte Frau. »Wer hat schon jemals von hier aus Erfolg gehabt? Hier sind alle immer nur in Armut und Elend versunken, in den fünfziger Jahren genauso wie heute. Wenn er weiterkommen will, soll er zum Fernsehen gehen. Dort werden jeden Abend Leichen gezeigt. Bei irgendeiner Serie wird er schon unterkommen.«

»In Ordnung, ich lege noch hundert Euro drauf für den morgigen Tag. Aus meiner Tasche!«

»Ja, aber im Voraus, jetzt gleich, noch bevor ihr loslegt. Und zwar das ganze Geld, für die vergangenen Tage, und das für morgen noch dazu. Sonst ruf ich das Fernsehen.«

»Die Polizei, wollten Sie sagen.« Der Kameramann lachte nachsichtig.

»Nein, das Fernsehen. Keine Sorge, ich habe schon noch alle Tassen im Schrank. In den Fünfzigern hat man die Polizei gerufen, heute ruft man das Fernsehen.«

Die Leiche war völlig nassgeschwitzt und musste das Hemd wechseln.

»Film ab!«, ertönte die Stimme des Regisseurs. »Stelios, auf Position! Und reiß dich zusammen, damit wir nicht wegen einer einzigen Einstellung den ganzen Tag verplempern.«

Die Leiche hob die Abdeckung des Brunnens hoch und sah sehnsüchtig in den Schacht hinab. Dann blickte sie wieder auf, nickte ihrem Kollegen in Polizeiuniform zu und streckte sich auf die glühend heißen Pflastersteine aus.

Der Tod des Odysseus

Meine Mutter hatte ein unfehlbares Kriterium für den idealen Gatten: Er sollte seine Ehefrau tagein, tagaus »auf Händen tragen«. Odysseus trug seine Katzen zwar nicht auf Händen, doch er gestattete ihnen, sich auf seinen Kissen zu räkeln – auf seinen Daunenkissen, genauer gesagt. Er selbst beschränkte sich stets auf einen Schemel vor seinem im Souterrain liegenden Laden. Odysseus war Daunenkissenverkäufer. Ich lernte ihn dank zweier bestickter Kissenbezüge kennen, die ich aus Istanbul – oder aus der »Poli«, wie die Griechen Konstantinopel immer noch nennen – mitgebracht hatte. Ich hatte schon lange Bezüge für die Kissen kaufen wollen, doch stets war irgendetwas dazwischengekommen, und ich vergaß es wieder.

Bis ich eines Mittags zufällig in die Imvrou-Straße einbog. Das kam so gut wie nie vor. Zwar liegt die Imvrou-Straße meiner Wohnung genau gegenüber, doch ich benutze sie nie. Ich ziehe die anderen Querstraßen der Ajias-Zonis-Straße vor.

So stand ich plötzlich vor Odysseus' Laden. »Sieh mal einer an, da liegt ein Bettwarengeschäft direkt gegenüber, und es ist mir nie aufgefallen. Eine gute Gelegenheit, die Sache zu erledigen«, sagte ich mir.

Sofort holte ich die Kissenbezüge. Odysseus war gerade dabei, seine Waren zu ordnen. Drei Katzen räkelten sich auf den Kissen und folgten seinen Bewegungen mit dem apathischen Blick verwöhnter Miezen. Auf dem blanken Fußboden war eine kleine Kantine aufgebaut: sechs Fress- und Trinknäpfe in drei verschiedenen Farben – zwei blaue, zwei gelbe und zwei rote.

»Die roten sind für das Männchen«, erläuterte er mir, als er meinen Blick bemerkte. »Die lichtblauen und gelben sind für die Weibchen ... Etwas femininere Farben ...«

Etwas an seinem merklichen Akzent, etwas an der Art, wie er »lichtblau« statt »hellblau« sagte, weckte meine Neugier.

»*Nerelisin?*«, fragte ich ihn auf Türkisch. »Wo kommst du her?«

»Bin Grieche aus Konstantinopel«, antwortete er. »*Samatya'dan* ... aus Psomathia.« Den Namen des Viertels, wo einst vorwiegend Griechen und Armenier lebten, hob er stolz hervor.

»Wann bist du hergekommen?«

Die Konstantinopler Griechen definieren ihr

Alter auf zwei Arten. Zum einen gilt das Geburtsdatum, zum anderen ihr Weggang aus der »Poli«.

»Im Jahr '65. Damals war ich fünfundzwanzig. Meine Mutter und ich wollten nicht fort, aber mein Vater lief Amok. ›Zu fressen gibt's zwar wenig, aber Konstantinos als König‹, rief er immer, denn damals war noch Konstantinos, das Muttersöhnchen, König von Griechenland. In der Poli haben mein Vater und ich Fliesen und Tapeten angebracht. Hier gab's nur Parkettböden und geweißte Wände, und so landeten wir in den Immigrantenvierteln: zuerst in Paleo Faliro und Kallithea, dann in Petralona, Kypseli und in der Acharnon-Straße, und zuletzt in Liossia. Mein Vater ist am Kummer und an seinen Gewissensbissen gestorben, ich habe in einer Bettwarenfirma mein heutiges Handwerk erlernt und stelle seitdem Kissen her, um mich und meine Mutter durchzubringen. Vor zwei Jahren ist auch sie gestorben.«

Ich beschränkte mich auf ein stummes Kopfnicken, da ich wusste, dass auch die Griechen den Fluch jeder Minderheit in sich tragen: nirgends zufrieden sein zu können. In der Poli schoben sie die Schuld auf die Türken, hier auf die Griechen, und so bestätigten sie die türkische Redensart vom künftigen Unglücklichsein: »Das Kommende lässt dich dem Vergangenen nachtrauern.«

»Einen großen Traum habe ich noch«, fuhr Odysseus fort. »Zurückzukehren und im Altersheim von Balıklı zu sterben. Ich will an dem Ort begraben sein, wo ich als Kind zum ersten Mal geträumt habe.«

Ich wunderte mich, dass ein Konstantinopler Grieche sich danach sehnen konnte, von allen vergessen im Altersheim der Auslandsgriechen in Balıklı zu sterben.

»Ich habe alles geregelt«, fuhr er fort, und unverhofft erschien ein Lächeln auf seinem Gesicht. »Meine ganzen Ersparnisse habe ich hingeblättert, damit man mir dort einen Platz frei hält. Ich habe meine Wohnung aufgegeben und schlafe im Laden, damit mir mehr Geld für Balıklı bleibt. Ich wäre schon weg, wenn da nicht meine Katzen wären. Ich bringe es nicht übers Herz, sie im Stich zu lassen.«

Mit zwei Kissen unterm Arm und einer Menge Zweifel kehrte ich nach Hause zurück. Ich konnte seinen Plan, in die Poli zurückzukehren, um in Balıklı zu sterben, nicht ernst nehmen. Zwar hatte er behauptet, er habe bereits für die Reservierung eines Platzes bezahlt, doch Menschen stellen des Öfteren etwas als vollendete Tatsache dar, was sie in Wahrheit erst vorhaben und dann doch nie tun. Für mich klangen seine Worte nach dem frommen Wunsch eines Nostalgikers.

Odysseus, der Hagestolz mit den drei Katzen und den unzähligen Kissen, war ganz offensichtlich ein Konstantinopler Original. Wann immer ich an seinem Laden vorbeikam, blieb ich stehen und grüßte ihn oder plauderte kurz mit ihm. Schon nach ein paar Sätzen verfiel er ins Türkische, um etwa über seine Vermieterin herziehen zu können. In der Poli sprach er griechisch, sobald er vermeiden wollte, dass die Türken ihn verstanden, und hier sprach er türkisch. Ich bin mir sicher, dass ihm der aus der Bibel stammende Ausdruck der Konstantinopler Griechen »aus Furcht vor den Juden« entschlüpft wäre, wenn ich ihn mit Fragen nach dem Grund dafür bedrängt hätte. Mit dieser Anspielung meinten die Griechen freilich nicht wirklich die Juden, mit denen sie mehr oder weniger das gleiche Schicksal teilten, sondern die Türken. Nur dass sie es nicht wagten, das unverblümt auszusprechen.

Eines Morgens im September, so gegen elf, klopfte es an meiner Tür, und Odysseus stand an der Schwelle. In seinen Händen hielt er ein Paket. »Ich wollte mich nur verabschieden«, sagte er. »Ich kehre in die Heimat zurück.«

Das hatte ich nicht erwartet, denn es waren etwa sechs Monate seit unserem ersten Treffen vergangen, und er hatte die Rückkehr in die Heimat nicht mehr erwähnt. Und ich hatte ihn auch nicht mehr darauf angesprochen. So traf mich die plötzliche Ankündigung seiner Abreise aus heiterem Himmel. Wer weiß, vielleicht wollte er mich überraschen, oder vielleicht hatte er mein Misstrauen gespürt und geduldig die Stunde der Wahrheit abgewartet.

»Und was ist mit den Katzen?«, fragte ich, um mir aus der Verlegenheit zu helfen.

»Der alte Kater ist von uns gegangen. Die anderen beiden hab ich dem Tierschutzverein übergeben. Das ist mir nicht leichtgefallen, aber ich fand es richtig, dass auch sie ein Plätzchen im Altersheim bekommen.«

»Wann fährst du?«

»Übermorgen, mit dem Bus. Auch nach Griechenland waren wir damals im Bus gekommen. Mit dem Pausanias. Die meisten sind damit gereist. Der Pausanias war der Bus der Tränen. Auf der ganzen Reise sah man nur verschwollene Augen und nassgeweinte Taschentücher. Das war auch Teil meines Traums: die Reise noch einmal im Bus zu machen, aber diesmal aus freudigem Anlass.« Dann überreichte er mir das Paket. »Das ist für dich.«

Es war ein Kissen, das mit einem Schiffchen bestickt war. Eines jener Schiffchen, die zu Weihnachten geschmückt werden.

»Das hat meine Mutter gestickt. Die Weihnachtsschiffchen waren das Einzige, was sie an Griechenland gemocht hat.« Er wandte sich um und schritt rasch die Treppe hinunter, ohne auf den Fahrstuhl zu warten. Mein Dank für das Kissen verhallte hinter seinem Rücken.

Ich fahre regelmäßig in die Poli. Manchmal habe ich dort zu tun, manchmal schütze ich Arbeit auch nur vor, um meine Erinnerungen spazieren zu führen. Meine ersten beiden Reisen nach Odysseus' Rückkehr waren Arbeitsbesuche, die mir keine Zeit ließen, an Odysseus oder das Altersheim in Balıklı oder irgendeine andere Einrichtung der Auslandsgriechen zu denken.

Doch die dritte Reise hatte einen vorgeschobenen Grund. Meine Arbeit hätte ich auch ohne weiteres von Athen aus per E-Mail erledigen können. So hatte ich alle Zeit der Welt, um am Bosporus spazieren zu gehen, das Schiff auf die Prinzeninseln zu nehmen oder vom Café Pierre Loti aus den Ausblick zu genießen. Und da mein Aufenthalt so entspannt war, erinnerte ich mich an Odysseus, und eines Nachmittags beschloss ich, ihn zu besuchen.

»Sind Sie ein Verwandter?«, wurde ich am Empfang gefragt, als ich mich nach ihm erkundigte.

»Nein. Ein Freund aus Athen.«

»Wir müssen erst nach ihm suchen, denn bei ihm weiß man nie, wo er gerade steckt«, erklärte mir der Angestellte.

Nach einer halben Stunde hatte er ihn schließlich ausfindig gemacht. Odysseus betrat das Büro, den Blick fragend auf den Angestellten geheftet. Der deutete auf mich. Erst jetzt erkannte mich der Alte und war sichtlich überrascht.

»Hoş geldin«, sagte er auf Türkisch. »Willkommen. Wie kommt's, dass du mich besuchst?«

»Ich bin ein paar Tage hier und wollte mal vorbeischauen.«

»Prima, komm, ich zeig dir mein Zimmer.«

Sobald wir aus dem Büro traten, unterzog er mich im Eiltempo einer Führung durch sein neues Zuhause. Zunächst einmal zeigte er mir sein Zimmer, dann den Freizeitraum und den Speisesaal, von dort ging's weiter durch die Küche bis zur Waschküche und von da in den Garten, wobei er mich allen, die unseren Weg kreuzten, vorstellte: den Bewohnern des Altersheims, dem Koch, dem Aufseher der Waschküche, dem Gärtner. Jedes Mal erklärte er weitschweifig, wer ich war und wer der andere. Als ich das Altersheim verließ, fühlte ich mich ausgelaugt wie ein Marathonläufer nach zweiundvierzig Kilometern.

Nur nach Griechenland, nach Athen und nach unserem Viertel fragte er nicht. Als wäre er nie dort gewesen und folglich auch nie von hier weggegangen. Bevor ich mich verabschiedete, umarmte er mich und nahm mir das Versprechen ab, ihn wieder aufzusuchen.

Ich hatte es nicht eilig, mein Versprechen zu halten. Jedes Mal fand ich einen Anlass, meinen Besuch bei Odysseus aufzuschieben. Um ehrlich zu sein, es hatte mich befremdet zu sehen, welch kindliche Freude es diesem Siebzigjährigen bereitete, von allen Angehörigen verlassen im Altersheim von Balıklı zu sitzen. Doch noch mehr war mir aufgestoßen, dass ihn der Ort, der ihm vierzig Jahre lang ein Zuhause gewährt hatte, überhaupt nicht mehr interessierte.

Schließlich entschloss ich mich nach einem Jahr, ihn doch noch einmal zu besuchen. Erneut kam ich, wie beim ersten Mal, am Nachmittag. Der Mann am Empfang erkannte mich und schüttelte traurig den Kopf.

»Odysseus ist von uns gegangen«, erklärte er mir.

Ich weiß nicht, ob ich in diesem Augenblick Trauer um Odysseus empfand oder bloß Gewissensbisse, da ich es nicht geschafft hatte, mein Versprechen zu erfüllen. Doch das eine bildete wohl eine Ergänzung des anderen.

»War er krank?«, fragte ich.

»Nicht doch, er war kerngesund. Aber am vergangenen Dienstag sind hier zum ersten Mal bei uns die Grauen Wölfe aufgetaucht. Normalerweise ziehen sie vors Patriarchat und schreien sich dort die Seele aus dem Leib. Wir haben die Türen versperrt, die Alten mit Müh und Not aus dem Garten hereingeholt, uns hier zusammengedrängt und auf das Eintreffen der Polizei gewartet. Doch plötzlich sprang Odysseus auf, stürzte hinaus zum Eingangstor und brüllte: ›Verschwindet von hier!‹ Dabei rüttelte er mit beiden Händen am Gitter. ›Ihr Neuankömmlinge wollt die Alteingesessenen verjagen? Seit dem Pogrom im Jahr 1955 marschiert ihr hier auf, um uns zu erschrecken, um uns zu ruinieren und uns zu vertreiben. Wir gehen aber nicht weg! Hier ist unsere Heimat. Ihr seid die Fremden aus dem tiefsten Anatolien! Nur dass ihr es wisst: Ich habe keine Angst vor euch! Ihr habt mich vertrieben, aber ich bin zurückgekommen, um hier zu bleiben! Ich gehe nirgendwo mehr hin, hört ihr? Nirgendwohin!‹« Der Mann machte eine kurze Pause, um Luft zu holen. »Stundenlang schrie er herum. Und dabei geiferten die Grauen Wölfe immer mehr. Der Direktor, zwei Wächter und ich versuchten, ihn hereinzuholen, aber er war nicht zu bändigen. Schließlich hat ihn die Polizei zur Räson gebracht. ›*Dede*‹, sagte ein Polizeibeamter, ›Opa, geh jetzt rein, wir jagen die weg.‹ Anfänglich wollte er nicht gehorchen. Er habe keine Angst, schrie er. ›Ich weiß, du bist stark wie ein Löwe‹, sagte der Polizeibeamte, ›aber geh jetzt rein, und wir übernehmen das.‹ Er war sehr aufgewühlt. Sein Blutdruck war auf zweihundertzehn hochgeschnellt. Der Arzt gab ihm ein Medikament und brachte ihn ins Bett. Am nächsten Morgen um neun war er immer noch nicht im Speisesaal aufgetaucht. Zwei seiner Freunde waren beunruhigt und wollten ihn wecken. Sie fanden ihn tot in seinem Bett.«

Wir schwiegen – er, weil er alles gesagt hatte, und ich aus Betretenheit. »Man könnte es auch so sagen«, fügte der Mann vom Empfang nach einer kurzen Weile hinzu. »Odysseus wollte die Freier aus seinem Haus jagen, doch er war zu alt und starb an Herzversagen. Wenn Sie sein Grab besuchen möchten, es liegt ganz in der Nähe. Dort, wo wir sie alle begraben.«

Es war ein schlichtes, gepflegtes Grab inmitten einer Reihe von gleichförmigen Gräbern, die ein wenig an die stillen, kleinbürgerlichen Londoner Straßen mit ihren Reihenhäuschen erinnerten. Im Blumenladen gab es Rosen, Nelken und Gardenien zu kaufen. Ich brachte ihm Chrysanthemen. Die Konstantinopler Griechen lieben Chrysanthemen.

Liebe deinen Nächsten

Die Kleidungsstücke lagen im Vorhof der Kirche teils auf Stühlen, teils auf den Treppenstufen ausgebreitet. Ein zufälliger Passant hätte meinen können, die Stände des Wochenmarkts hätten sich bis vor die Kirche verirrt. Doch heute war Donnerstag, und der Wochenmarkt fand immer dienstags statt. Es waren hauptsächlich Männersachen ausgelegt: T-Shirts, Jeans und Hemden. Die Frauensachen – ein paar Blusen und Röcke – waren in der Minderzahl und auch qualitativ recht dürftig.

Die Interessenten, welche die »Kollektion« musterten, waren Einwanderer aus diversen Ländern. Alle waren dunkelhäutig und trugen überwiegend Schnurrbart, während fast alle Frauen mit Kopftuch unterwegs waren. Ein Großväterchen, das den rechten Fuß nachzog und sich auf einen Stock stützte, suchte nach einem passenden Hemd. Schließlich wählte er ein buntes Hawaiihemd. Die Kinder, die im Vorhof der Kirche spielten, schnappten sich immer wieder im Vorbeilaufen ein T-Shirt und brachten es zu ihren Müttern, die mit den anderen Frauen auf den kleinen Bänken oder den Steinumfassungen der Bäume saßen.

Pater Jannis Perdikis hatte sich am Kirchenportal aufgebaut, um sich zu vergewissern, dass die Verteilung der Kleider gesittet und ohne Streitereien verlief. Die Spendensammlung war das Projekt seiner unverheirateten Schwester Sotiria. Wenn Papa-Jannis zur Arbeit ging, räumte Sotiria die Wohnung auf, bereitete das Essen vor und klapperte dann die Athener Kirchengemeinden ab, um Kleider, Schuhe und was ihr sonst noch in die Hände fiel, »für die Bedürftigen« zu sammeln. Sotiria machte keinen Unterschied zwischen den einheimischen und den zugewanderten Armen. Für sie waren sie alle gleich arm, egal welcher Rasse und Religion sie angehörten. Die Kollegen ihres Bruders übergaben ihr bereitwillig, was sie in ihren Kirchengemeinden zusammengetragen hatten. Die einen, weil es ihnen zu aufwendig war, die Sachen selbst zu verteilen, die anderen, weil sie wussten, dass sie bei Papa-Jannis besser aufgehoben waren, da seine Kirche in einem sozialen Brennpunkt lag, wo viele mittellose Zuwanderer lebten. Sotiria inspizierte die reiche Ernte, traf eine Vorauswahl und schickte dann Alekos vorbei, der den Transport zur Pfarrei ihres Bruders übernahm. Alekos war der Gemüsehändler aus dem Viertel und trug mit dem Pick-up sein Teil zu den mildtätigen Werken bei.

Von seinem erhöhten Beobachtungsposten aus sah Papa-Jannis sie kommen. Es waren drei Männer und eine Frau, weithin bekannt als »Kampfkomitee«. Kaum traten sie durch das schmiedeeiserne Tor in den Hof, schlug die Stimmung um. Die Einwanderer begannen, sich vorsichtig und lautlos zurückzuziehen. Die meisten ließen die ausgesuchten Kleider still und heimlich zu Boden gleiten. Andere, vorwiegend Frauen mit Kindern, hielten sie krampfhaft an den Bauch gepresst.

Sie waren jedoch ganz umsonst erschrocken, denn das »Kampfkomitee« schenkte ihnen keinerlei Beachtung. Es hielt seine vier Augenpaare auf Papa-Jannis gerichtet. Zwei der drei Männer waren konventionell gekleidet: Der eine trug ein Hemd, der andere ein T-Shirt zu Jeans. Die Frau war nicht nur auffällig stark geschminkt, sondern trug auch eine enge Bluse, aus der ihr üppiger Busen quoll. Der Vierte im Bunde war ein junger Bodybuilder mit bis zu den Fingern tätowierten Armen, kahlgeschorenem Schädel und einem Ohrring im rechten Ohr. Sie nahmen vor den Treppenstufen Aufstellung und warteten darauf, dass Pater Jannis das Wort an sie richtete. Da die Einladung auf sich warten ließ, stiegen sie von sich aus die Treppe hoch.

»Was soll das hier, Pater?«, fragte die Frau und deutete auf den Hof, der sich inzwischen bis auf das Großväterchen am Stock geleert hatte. »Wir bemühen uns, sie wieder loszuwerden, und du verteilst hier fromme Gaben wie der Weihnachtsmann.«

»Früher hast du ihnen nur Essen ausgegeben, jetzt verteilst du auch noch Kleider«, sagte der Mann im T-Shirt. »Warum sollten sie von hier verschwinden, wenn Leute wie du sie durchfüttern und einkleiden?«

Die Frage blieb im Raum stehen, da der Pater den Mund immer noch nicht aufmachte. Die Mitglieder des »Kampfkomitees« blickten sich ratlos an. Papa-Jannis' Schweigen brachte sie aus dem Konzept. Einerseits wollten sie sich nicht mit ihm anlegen, andererseits waren sie entschlossen, das Viertel von Ausländern zu säubern.

»Merkst du nicht, wie die Gegend hier verkommt, Papa-Jannis?«, fragte der Mann im Hemd. »Weißt du, wie das enden wird? Sie zwingen uns, von hier wegzuziehen und ihnen unsere Wohnungen für einen Kanten Brot zu verkaufen. Wenn wir sie nicht verdrängen, werden sie uns verdrängen.«

Pater Jannis blickte den Mann an und bemerkte ruhig: »Sie sind auf der Reise. Kranke und Reisende brauchen Hilfe.«

»Ganz genau!«, stimmte der Mann im T-Shirt zu. »Wenn sie auf der Reise sind, sollen sie anderswohin gehen. Wir sind jedenfalls keine Reisenden.«

»Uns, die wir nicht auf der Reise sind, reicht auch keiner eine helfende Hand. Weder der Staat noch die Kirche«, bemerkte die Frau.

»Du, Anna, bist doch gläubig. Wie konntest du das Gebot der Nächstenliebe vergessen?«

»Welcher Nächste denn, Pater?«, mischte sich zum ersten Mal der tätowierte junge Mann ins Gespräch. »Ihr habt uns gesagt, die Albaner sind unsere Nächsten. Jetzt haben wir sie an der Backe. Ihr habt uns gesagt, die Bulgaren und Rumänen sind unsere Nächsten. Jetzt nehmen sie uns die Arbeitsplätze weg. Sind jetzt auch alle, die aus dem tiefsten Asien zu uns kommen, unsere Nächsten? Sind Griechenland und Asien jetzt Nachbarländer?«

Pater Jannis blickte ihn zum ersten Mal seit Beginn des Gesprächs an.

»Unser Herr Jesus Christus war ein Migrant, genau wie sie«, sagte er.

»Migrant? War Christus ein Migrant?«, fragte der Mann im T-Shirt Anna. Vermutlich, weil er sie für bewanderter in Glaubensfragen hielt.

Anna zuckte ratlos die Achseln.

»Hm, ich weiß nur, dass er Jude war«, antwortete sie.

»Ja, er war Jude«, bestätigte der Mann im Hemd mit Nachdruck. »Er sagte ›Liebe deinen Nächsten‹, weil auch sein Nächster Jude war. Ich würde den Spruch ja verstehen, wenn mein Nächster Grieche wäre. Nur, dass hier jetzt Krethi und Plethi wohnen.«

»Unser Herr lebte als eine Art christlicher Migrant im Judentum. Er gründete eine neue Religion und wurde deswegen von den Juden verfolgt, so wie ihr heute die Migranten verfolgt, die hier eine Existenz gründen wollen.«

»Bravo, langsam wird ein Schuh draus!«, pflichtete ihm der tätowierte junge Mann bei. »Die Juden haben ihn gekreuzigt, und seither regieren sie die Welt. Jetzt aber sind die Muslime auf den Plan getreten. Deshalb müssen wir sie in die muslimischen Gebiete zurückschicken. Sollen sie sich doch gegenseitig die Köpfe einschlagen, dann haben wir unsere Ruhe.«

»Du weißt, wie sehr wir dich schätzen und respektieren, Pater Jannis«, sagte Anna. »Aber du solltest dich ein wenig zurückhalten.«

»Wenn du das nicht begreifen willst, gibt es Stunk«, fügte der Mann im T-Shirt hinzu. »Das hier ist keine vornehme Gegend wie Glyfada oder Ekali. Wir sind ein mittelständisches Viertel, und die Wohnungen haben wir uns vom Mund abgespart. Es darf nicht sein, dass sie bald nur noch die Hälfte wert sind. Das wäre für uns und unsere Kinder katastrophal.«

Sie wandten sich zum Gehen. Pater Jannis stand langsam von seinem Stuhl auf und ging in den Vorhof der Kirche hinunter, um die Kleider einzusammeln und in dem kleinen Lagerraum zu verstauen.

Dass »Stunk« durchaus ernst gemeint war, begriff er, als eines Abends gegen neun die Wohnungsklingel schellte und Alekos auf der Türschwelle stand. Anfänglich dachte der Pater, der Gemüsehändler wolle ihm Bescheid geben, dass er die Kleider ins Lager gebracht habe. Alekos übernahm immer wieder nach Arbeitsschluss den Spendentransport. Er hatte ihm die Schlüssel zur Kleiderkammer gegeben, damit er die Sachen bei passender Gelegenheit dort abliefern konnte. Überrascht bemerkte er, dass Alekos sehr aufgeregt war.

»Was ist passiert?«, wollte er wissen.

»Komm runter, ich zeig's dir.«

Alekos' Pick-up parkte vor dem Eingang des Wohnhauses. Die Kleider lagen immer noch auf der Ladefläche, doch man hatte sie in Brand gesteckt. Sprachlos starrten Pater Jannis und seine Schwester Sotiria, die mit hinuntergekommen war, auf die Kleider, die teils verbrannt, teils angekokelt, aber alle triefnass waren.

»Sie haben Feuer gelegt und es dann schnell gelöscht, bevor es sich ausbreiten konnte«, erklärte Alekos. »Sie sagten mir, das sei eine Warnung, und beim nächsten Mal würden sie mir den Wagen abfackeln. Und die Schaulustigen standen einfach rum und glotzten.«

Der Pater und Sotiria sagten nichts und blickten stumm auf die Ladefläche des Pick-ups.

»Ich fahre alles zur Müllhalde«, fuhr Alekos fort. »Aber das ist der letzte Gefallen, den ich euch tue. So weit geht meine Gutmütigkeit auch wieder nicht, dass ich meinen Broterwerb aufs Spiel setze.« Er öffnete die Fahrertür, hielt jedoch inne und blickte auf Pater Jannis. »An deiner Stelle würde ich mich vorsehen, Papa-Jannis. Wenn sie bei mir schon so weit gehen, wer weiß, wozu sie bei dir fähig sind.«

Danach trat er aufs Gas und fuhr davon.

»Ich werde jemand Neuen finden müssen, der die Transporte übernimmt. Und das wird nicht einfach sein«, meinte der Pater, als sie wieder in die Wohnung hochgingen.

»Jannis, fordere sie nicht heraus«, sagte Sotiria. »Alekos hat recht: Sie sind unberechenbar. Wer weiß, was sie dir in ihrer Wut antun. Und kein Mensch wird sich schützend vor dich stellen. Früher gab es hier eine echte Kirchengemeinschaft. Jetzt sind die Leute sozial bessergestellt und waschen ihre Hände in Unschuld wie Pontius Pilatus.«

Pater Jannis antwortete nicht, stattdessen suchte er in seinem Bücherregal nach etwas ganz Bestimmtem.

Bei der nächsten Sonntagsmesse verwunderte es die Gläubigen nicht, dass Pater Jannis die Kanzel bestieg. Der Anschlag auf den Pick-up hatte sich herumgesprochen, und alle waren neugierig, wie er darauf reagieren würde. Da Pater Jannis eher selten eine Predigt hielt, erwartete man eine Stellungnahme. Schweigend ließ er seinen Blick über die Kirchgänger schweifen, die diesmal zahlreicher als sonst erschienen waren. Nicht, weil plötzlich alle tiefgläubig geworden wären oder den Zwischenfall bedauerten. Nein, sie waren bloß neugierig, was er ihnen sagen würde.

Pater Jannis begann seine Predigt mit einer Frage: »Wer von euch weiß, wie das antike Pompeji untergegangen ist?«

Die Gläubigen blickten sich überrascht an. Sie erwarteten einen Wutausbruch, Ermahnungen und Bibelsprüche, aber nicht die Frage, wie Pompeji untergegangen war. Es folgte eine Verlegenheitspause. Der Priester wartete geduldig.

»Lag Pompeji nicht irgendwo in Afrika?«, wagte sich jemand aus der Deckung.

»Was redest du da? Du meinst wohl Karthago«, erhob sich eine lehrerhafte Stimme aus der Schar der Gläubigen. »Pompeji lag in Italien, am Fuße des Vesuv, und wurde durch einen Vulkanausbruch zerstört.«

»Durch ein Erdbeben, genauer gesagt«, bekräftigte Pater Jannis. »Das Erdbeben war die Strafe Gottes für die Stadt, die in Sünde und Unzucht versunken war. Wir Griechen leben in einem erdbebengefährdeten Land. Damit kennen wir uns aus und wissen über den Verlauf der tektonischen Platten Bescheid. Doch im übertragenen Sinn gibt es auch die tektonische Platte der Sünde, die von Sodom und Gomorrha über die Sintflut und die Zerstörung Pompejis bis in die heutige Zeit reicht. Wir sind ein Land der Sünde geworden, des schnellen Geldes, des leichten Lebens und des Eigennutzes. Erinnert ihr euch, was der Herr gesagt hat? ›Weh euch, Schriftgelehrte und Pharisäer, ihr Heuchler, die ihr den Zehnten gebt von Minze, Dill und Kümmel und lasst das Wichtigste im Gesetz beiseite, nämlich das Recht, die Barmherzigkeit und den Glauben!‹«

Dann hielt er inne und wartete darauf, dass sich das Gemurmel der Kirchengemeinde wieder gelegt hatte.

»Der Pfarrer spielt sich ganz schön auf«, sagte jemand so laut, dass es alle hören konnten.

Und ein anderer sprach ihn direkt an: »Warum lässt du dich nicht in eine andere Gemeinde versetzen, Pater? Wo die Leute keine Pharisäer sind, so wie wir. Das rate ich dir, denn ich will nur dein Bestes.«

»Ich habe nicht vor zu kneifen«, entgegnete Papa-Jannis. »Ich bleibe hier, aber ich mache euch einen Vorschlag: Wenn ihr es von morgen an selbst übernehmt, diesen bedürftigen Menschen einen Teller Essen, und sei es auch nur ein Schüsselchen Linsen, zu bringen und einen Mantel zu geben, nicht den zweitbesten, sondern den, den ihr in den Müll geworfen hättet, dann werde ich Ausspeisungen und Kleidersammlungen sein lassen. Ansonsten kaufe ich von meinem bisschen Ersparten einen kleinen Lieferwagen und transportiere die Kleiderspenden selbst. Denn niemals werde ich das Gebot meines Herrn vergessen: ›Liebe deinen Nächsten wie dich selbst.‹«

Als Pater Jannis von der Kanzel stieg, hatte ihm seine Gemeinde schon den Rücken gekehrt und war auf dem Weg nach draußen.

Die Besatzung des Streifenwagens, die am Mittwochmorgen vom Küster zur Kirche gerufen wurde, fand ihn im Presbyterium – vornüber gestürzt und mit tödlichen Schädelverletzungen. Wie der gerichtsmedizinische Bericht später feststellte, stammten sie von einem Metallgegenstand, vermutlich einer Brechstange.

Der vom Erzbistum entsandte Priester bekreuzigte sich und murmelte: »Er ist gestorben für unsere Sünden.« Und dann fügte er so leise hinzu, dass ihn keiner mehr hörte: »… doch er ist nicht auferstanden am dritten Tage nach der Schrift.«

Poems and Crimes

Ich schaue den Tänzern zu und denke, dass wir Griechen zwei Möglichkeiten haben, unsere orientalischen Wurzeln tanzend zum Ausdruck zu bringen. Beim Sebekikos breiten wir die Arme weit aus und drehen uns um die eigene Achse, bis der letzte Ton verklungen ist – dieses Bild kennt man von uns seit dem Film *Alexis Sorbas*, wobei die Hauptfigur allerdings von einem amerikanischen Schauspieler dargestellt wird, der noch dazu nicht den Sebekikos, sondern den Kritikos tanzt. Und wenn unsere Frauen ihre orientalische Tanzleidenschaft zum Ausdruck bringen wollen, recken sie die Arme in die Höhe, lassen die Hände im Handgelenk kreisen – so, wie wir es unserer Tochter Katerina vormachten, als sie noch ein Kind war – und heben und senken die Schultern abwechselnd – mal die linke, mal die rechte.

Wenn man wie ich aus der nordgriechischen Region Epirus stammt, wird man das orientalische Flair, das auf den Lokalherrscher Ali Pascha zurückgeht, sein Leben lang nicht los. Was man nicht durch die regionalen Bräuche erworben hat, eignet man sich später auf den Polizeibällen an. Es gibt keinen Polizeiball, auf dem nicht ein Kollege – sei es der Polizeipräsident oder eine der unteren Chargen – aufsteht und den Sebekikos aufs Parkett legt.

»Das ist ein sehr bekannter Filmregisseur«, flüstert mir Katerina zu. Sie sitzt neben mir und deutet auf den Tänzer vor uns, der sich mit ausgebreiteten Armen hin und her wiegt.

Schon erstaunlich: Heute tanzen in Griechenland die Künstler wie die Weltmeister, und die Polizisten legen Kunststücke aufs Parkett, als wären sie beim Tanztheater von Dora Stratou.

Wir haben uns auf Empfehlung von Katerinas Freundin Mania und ihrem deutschen Lebensgefährten Uli in diesem Lokal getroffen. Sie hatten hier einen Rembetiko-Abend verbracht und so begeistert davon berichtet, dass Katerina neugierig wurde.

Fanis wollte unbedingt, dass wir mitkamen. Adrianis erste Reaktion war: »Na ja, ich habe eigentlich keine große Lust auf Bouzouki-Geschrammel.« Doch schließlich gelang es unserem Schwiegersohn, uns zu überreden.

Die eine Wand des Lokals verschwindet komplett hinter Bücherregalen. Offenbar handelt es sich bei diesem Laden, der sich Poems and Crimes nennt, um eine Mischform aus Verlag, Buchhandlung und Café, wo abends auch noch Musikveranstaltungen stattfinden. Früher gab es in Gysi eine Taverne, die tagsüber ein Lebensmittelgeschäft war und sich abends in ein Esslokal verwandelte, dessen besondere Spezialität Schnecken waren. Heute verwandeln sich Läden, die tagsüber Buchhandlungen sind, abends in Rembetiko-Schuppen.

Die Musik versetzt mich zurück in die Zeiten der Rembetiko-Legenden Tsitsanis und Chiotis. Der Bouzoukispieler ist so große Klasse, dass die Stammgäste seinen Namen skandieren: »Nikos! Nikos!«

Die Stimme der einen Sängerin klingt rauh, die der anderen wehklagend, und beide Gesangsstile sind ganz typisch für das Rembetiko. Selbst Adriani ist ganz hingerissen, sie ist aufgesprungen und klatscht im Takt mit.

Der Regisseur wirbelt immer noch leidenschaftlich über die Tanzfläche, als die Tür des Lokals aufgeht und ein Fünfzigjähriger mit einem Strauß kleiner, ein wenig welker Rosen hereintritt. Er bleibt am Eingang stehen und lässt den Blick durch den Raum schweifen – vermutlich, um zu entscheiden, bei welchem Gast er am besten anfängt.

›Jetzt ist wahrscheinlich der richtige Zeitpunkt,

um den Sängerinnen Blumen zuzuwerfen‹, sage ich mir, doch ich sehe mich getäuscht. Eine der Kellnerinnen geht auf ihn zu und flüstert ihm etwas ins Ohr. Der Rosenverkäufer nickt, und die junge Frau nimmt weiter Bestellungen auf. Offenbar hat sie ihn gebeten zu gehen, doch der Typ bleibt wie angenagelt an der Tür stehen. Er bietet den Gästen zwar keine Blumen an, rührt sich aber auch nicht von der Stelle. Ganz verzaubert lauscht er der Sängerin, die das Lied *Verrückter Zigeuner* singt, während der Regisseur immer noch wie in Trance dazu tanzt.

Plötzlich legt der Rosenverkäufer den Strauß auf dem Schreibtisch ab, der als Kassentresen dient, und betritt neben dem Regisseur die Tanzfläche. Dann beginnt er zu tanzen, doch sein Stil unterscheidet sich eklatant von dem des anderen Tänzers. Der Typ hält die Arme in typischer Sebekikos-Manier schulterhoch und leicht angewinkelt, geht in die Knie und vollführt seine Drehungen fast in der Hocke, wobei sein schäbiger Mantel über den Boden schleift. Ab und zu klopft er mit der Handfläche mal auf die Schuhsohle, mal auf den Holzfußboden.

Dem Tanzstil nach könnte er ein Polizist sein, nur kassieren die Polizeibeamten eine – wenn auch zusammengestrichene – Rente und müssen noch nicht als Rosenverkäufer durch die Lokale ziehen.

Alle Stammgäste sind aufgestanden und klatschen im Takt mit, auch der Regisseur, der sein Solo unterbrochen hat.

»Miltos, der steckt dich in die Tasche!«, ruft ein Bärtiger vom Tisch des Regisseurs.

Der Rosenverkäufer beendet mit den letzten Klängen des Liedes seine Einlage. Dann steht er auf, applaudiert der Band und wendet sich an die Gäste des Lokals.

»Vielen Dank, dass ich tanzen durfte. Das musste jetzt einfach sein«, sagt er höflich in die Runde.

Dann geht er hinüber zum Schreibtisch, nimmt die Blumen wieder an sich und verlässt das Lokal.

»Leute, wir haben ihm nicht mal seine Rosen abgekauft. Das geht ja gar nicht!«, ruft der Bärtige und läuft ihm hinterher.

Kurz danach kehrt er mit den Rosen zurück und überreicht sie den beiden Sängerinnen, was eifrig beklatscht wird.

»Wie in der guten alten Zeit«, bemerkt Adriani nostalgisch.

»Mit einem kleinen Unterschied«, antwortet ein Herr vom Nebentisch. »Früher haben die einfachen Leute diese Musik gehört und dazu getanzt. Jetzt sind es Schriftsteller, Künstler und Intellektuelle.«

Als ich mich umblicke, muss ich ihm recht geben, doch Adriani hat ihm gar nicht zugehört. Sie schwebt auf Wolken und flüstert die Liedtexte jedes einzelnen Songs mit. Fanis zwinkert mir lächelnd zu.

Es ist schon eins, als wir aufbrechen. Und wir sind die Ersten, denn die Stammgäste tanzen hingebungsvoll weiter.

Kaum habe ich den ersten Schluck von meinem Kaffee getrunken, stürmt mein Assistent Papadakis ins Büro.

»Ein neuer Fall! Es sieht ganz nach Mord aus, Herr Kommissar.«

»Müssen Sie mir so etwas gleich zum Kaffee servieren, Papadakis?«

Er verdirbt mir die gute Laune, die ich mir vom Vorabend herübergerettet habe. Aber das behalte ich für mich.

»Sie brauchen mich nicht zurechtzuweisen. Hab ich etwa den Mord begangen?«, protestiert er.

»Wo hat sich das Ganze zugetragen?«

»In einem Café in der Ajias-Irinis-Straße.«

Als wir am Tatort eintreffen, stellt sich heraus, dass es sich um dasselbe Lokal handelt, in dem wir tags zuvor einen so unterhaltsamen Abend verbracht haben: das Poems and Crimes.

Ein Streifenwagen blockiert den Durchgangsverkehr in der Ajias-Irinis-Straße, während der Verkehrspolizist die Wagen, die von der Karajorgis-Servias-Straße kommen, nach links über die Aiolou-Straße in die Ermou dirigiert.

»Der Tote liegt im Hinterhof, Herr Kommissar«, informiert mich der Fahrer des Streifenwagens.

Im Rembetiko-Schuppen, der sich jetzt in eine Buchhandlung mit Café verwandelt hat, herrscht tiefe Stille. Der Besitzer lehnt am Bartresen. Während er seinen Kaffee mit langsamen Schlucken aus einem Weinglas trinkt, nestelt er an seinen Hosenträgern herum. Das übrige Personal hat sich schweigend um die Bar versammelt.

Der Besitzer hebt den Blick und schaut uns an. Anscheinend hat er mich vom gestrigen Abend wiedererkannt, denn er macht einen Schritt auf mich zu und holt Luft, um mich anzusprechen, doch ich unterbreche ihn.

»Später, ich bin gleich bei Ihnen«, sage ich und trete zusammen mit Papadakis in den Hof.

Wir stehen in einem für diese Wohngegend typischen Innenhof. Im Sommer, wenn das Athener Zentrum rings um das Monastiraki-Viertel vor Hitze glüht, muss das hier eine kleine Oase sein.

Ein Holzzaun trennt den Hof von einem Sträßchen. Neben einer kleinen Treppe, die zu der schmalen Gasse führt, liegt vor einem Toyota Yaris ein Typ auf dem Boden. Sein Schädel ist zertrümmert, Gesicht und Rücken sind blutüberströmt.

Auf den ersten Blick erkenne ich den Regisseur wieder, der gestern Abend getanzt hat. Ich blicke mich um. Gegenüber liegt, ein Stückchen entfernt, ein altes baufälliges Haus mit drei Stockwerken. Jemand muss ihm von hinten mit einem von der Baustelle stammenden Gegenstand – einem Ziegelstein oder einem Stück Marmor – auf den Kopf geschlagen haben.

»Muss ich Ihnen erklären, wie er ermordet wurde?«, höre ich eine Stimme hinter mir.

Als ich mich umwende, erkenne ich Gerichtsmediziner Stavropoulos.

»Nein, das springt ins Auge. Das Einzige, was mich interessiert, ist die Tatzeit.«

Obwohl, auch das kann ich schon fast sagen. Er muss gleich nach dem Verlassen des Lokals erschlagen worden sein. Irgendwann nach ein Uhr nachts, denn er trägt dieselbe Kleidung wie gestern Abend.

Ich lasse Stavropoulos und Dimitriou von der Spurensicherung ihre Arbeit tun und kehre ins Lokal zurück. Der Besitzer und das Personal stehen noch genauso da wie zuvor. Der einzige Neuzugang ist eine mir unbekannte Blondine, die ununterbrochen Fragen stellt, um herauszukriegen, was passiert ist. Doch die anderen haben keine Lust, ihr zu antworten.

»Wer hat ihn gefunden?«, frage ich in die Runde.

»Ich«, antwortet der junge Mann an der Bar. »Ich bin heute Morgen rausgegangen, um die Tische und Stühle für die Gäste herzurichten. Das Auto steht schon seit gestern Abend da, das fand ich seltsam. Als ich näher ranging, hab ich ihn gesehen.«

»Haben Sie etwas angefasst?«, fragt Papadakis.

»Nein, nichts. Ich habe gleich den Chef angerufen, und er hat mir gesagt, ich soll die Polizei holen.«

»Kennt vielleicht jemand seinen Namen?«, frage ich in die Runde.

»Er hieß Miltos Kelessidis«, entgegnet der Besitzer. »Er war ein sehr bekannter Filmregisseur.«

»Kann jemand sagen, wann er gestern Abend gegangen ist?«

»Das muss gegen drei Uhr morgens gewesen sein. Er hat sich noch von mir verabschiedet. Seine Freunde waren schon früher gegangen, er aber blieb bis zum Schluss. Er liebte Rembetiko-Lieder.« Nach einer kurzen Pause fügt er hinzu: »Höchstwahrscheinlich wollte man ihn ausrauben.«

»Ausgeschlossen«, hält ihm Dimitriou entgegen, der soeben durch die Hoftür in das Café getreten ist. »Seine Brieftasche und sein Handy sind unberührt, und auch der Wagen wurde nicht angefasst.«

Die Tür des Cafés geht mit Schwung auf, und der Freund des Regisseurs stürmt herein – der mit dem Bart, der ihm gestern zugerufen hatte, der Rosenverkäufer würde ihn beim Tanzen in die Tasche stecken.

»Ich habe es gerade im Netz gelesen!« Sein Ausruf richtet sich an alle und keinen. »Ich habe seine Produzentin angerufen und ihr Bescheid gesagt. Sie ist schon auf dem Weg hierher.«

»Dann rufen Sie sie gleich noch mal an und sagen ihr, sie soll bleiben, wo sie ist«, sage ich. »Ich möchte sie später in ihrem Büro sprechen.«

Er blickt mich aufmerksam an und stellt verwundert fest: »Sie waren gestern Abend ja auch da.«

»Ja, Kommissar Charitos. Ich war da, aber leider bin ich früher gegangen und konnte den Mord nicht verhindern.«

»Ich ja auch nicht. Die ganze Clique ist gegangen, aber Miltos wollte noch länger bleiben. Das war ja nicht das erste Mal, deshalb habe ich mir nichts dabei gedacht. Er hatte die Angewohnheit, ein letztes Glas zu trinken und dann erst aufzubrechen.« Er holt sein Handy heraus und wählt eine Nummer. »Amalia, komm nicht her. Der Kommissar will dich später in deinem Büro sprechen.«

»Und wer sind Sie?«, frage ich.

»Makis Ressopoulos. Ich bin Drehbuchautor, und Miltos ist mein Freund.«

Er hat noch nicht wirklich realisiert, dass Kelessidis gestorben ist, und spricht immer noch im Präsens von ihm.

»Wie gut kannten Sie ihn?«

»Wir arbeiten seit seinem ersten Film zusammen. Jetzt drehte er gerade seinen vierten Streifen.«

»Wissen Sie, ob er mit irgendjemandem Streit hatte oder irgendwelche Geschäfte am Laufen hatte?«

Ressopoulos schüttelt den Kopf und hebt die Hände. »Was für Geschäfte denn, Herr Kommissar? Er war weder Unternehmer noch Nachtlokalbesitzer, so dass er hätte Schutzgeld bezahlen müssen. Regisseure machen nur mit dem Griechischen Filmzentrum Geschäfte. Das ist die einzige Einnahmequelle, die ihnen zur Verfügung steht. Die Europäische Union ist die einzige Einnahmequelle für Griechenland, und das Filmzentrum ist die einzige Einnahmequelle für Regisseure. Wenn man Glück hat, schießt auch noch Euroimages etwas zu.«

»Was ist dieses Eurodingsbums?«, frage ich.

»So etwas wie die Europäische Zentralbank fürs Kino«, erwidert er. »Die EZB finanziert die Banken, und Eurodingsbums, wie Sie es nennen, finanziert den Film.« Nach einer kurzen Atempause fährt er fort: »Die Gelder fürs Kino kommen vom Staat und aus Europa, Herr Kommissar. Der Staat und Europa können dir den Geldhahn zudrehen, aber sie ermorden dich nicht. Wenn Sie meine Meinung hören wollen: Wenn ich das Drehbuch geschrieben hätte, dann wäre es Raubmord.«

»Er hatte seine Brieftasche noch bei sich, und der Wagen wurde nicht aufgebrochen«, erläutere ich ihm.

»In meinem Drehbuch hätte der Räuber, aufgeschreckt durch irgendein aus dem Lokal dringendes Geräusch, die Flucht ergriffen. Okay, ich behaupte nicht, dass das eine überragende Idee ist, aber sie ist überzeugend.«

Mag sein, dass sie Ressopoulos überzeugt, ich aber habe nach wie vor meine Zweifel.

»Geben Sie mir Adresse und Telefonnummer der Produzentin.«

Er überreicht mir die Angaben, und seine noch dazu.

»Wir melden uns bei Ihnen, wenn wir Sie noch brauchen«, gibt ihm Papadakis Bescheid.

Die Produzentin ist um die vierzig und stellt sich mir als Amalia Kalojirou vor. Sie sitzt an ihrem

Schreibtisch und wiegt schockiert und zu Tode betrübt den Kopf.

»Wer hätte das gedacht«, murmelt sie vor sich hin, »dass Miltos ein so schauriges Ende findet?«

»Wissen Sie, ob er Probleme hatte? Kam er Ihnen in der letzten Zeit niedergeschlagen oder besorgt vor?«

»Ganz im Gegenteil! Er war voller Energie und bereitete seinen neuen Film vor. Wir haben das Treatment an das Filmförderprogramm MEDIA geschickt, und das Abfassen des Drehbuchs wurde genehmigt. Gleichzeitig haben wir das Treatment auch an ausländische Produktionsfirmen geschickt, um Koproduzenten zu finden. Die Reaktionen waren begeistert. Worüber sollte er sich also Sorgen machen? Alles lief wie am Schnürchen.«

Das einzige Wort, das ich verstehe, ist »Treatment«, das auf Englisch »Behandlung« heißt. Das habe ich von Fanis, meinem Arzt und Schwiegersohn, gelernt. Alles andere ist Chinesisch für mich. Mir kommt es jedenfalls völlig unwahrscheinlich vor, dass ihn jemand getötet hat, weil er an einem Film arbeitete.

»Hatte er Familie?«, fragt Papadakis die Kalojirou.

»Er war ledig. Seine Eltern wohnen in einem Dorf bei Drama. Ich weiß aber nicht genau, wo.«

Unvermutet bricht sie in Tränen aus. »Miltos war für mich wie ein Bruder«, sagt sie unter Schluchzen. »Wir haben unsere Laufbahn zusammen begonnen – er seinen ersten Film und ich meine erste Produktion. Ich wusste alles über ihn. Ich wusste, was er dachte und mit wem er eine Liebesbeziehung hatte. Ich kann es nicht fassen, dass ihm so etwas zugestoßen ist. Es fühlt sich an, als sei plötzlich ein Teil meines Lebens weggebrochen.«

Sie schluchzt weiter.

»Sie sind sehr aufgewühlt, da möchte ich Sie nicht weiter quälen«, sage ich. »Wenn wir noch etwas brauchen, setzen wir uns mit Ihnen in Verbindung. Nur eins noch: Könnten Sie uns die Adresse von Miltos Kelessidis geben?«

Sie notiert sie auf ein Blatt Papier und reicht es mir. Sie hat sich etwas beruhigt, und ihr Weinen ist abgeebbt.

»Ich würde Ihnen zu einem Besuch im Griechischen Filmzentrum raten«, sagt sie abschließend. »Dort hat man Kontakte zur ganzen Filmwelt und kann Ihnen wahrscheinlich genauere Informationen geben.«

Die Büros des Griechische Filmzentrums liegen in der Dionysiou-Aeropagitou-Fußgängerzone. Wir gehen hoch zum Sekretariat, verlangen nach dem

Direktor und müssen gar keine großen Erklärungen abgeben. Die Neuigkeit hat sich schon herumgesprochen.

Der Direktor ist um die sechzig, trägt einen gestutzten Bart und hört auf den Namen Grigoris Karajorgis. Auf meine Frage, ob er Miltos Kelessidis kannte, reagiert er mit einem Lächeln.

»In unseren Kreisen kennt jeder jeden, Herr Kommissar«, erwidert er. »Nur diejenigen, die ihren Debütfilm machen, normalerweise einen Kurzfilm, sehen wir bei ihrem Antrittsbesuch zum ersten Mal. Aber wenn ich sage, jeder kennt jeden, dann meine ich eine zumeist oberflächliche Bekanntschaft, die sich jedoch in überschwenglicher Vertraulichkeit äußert. Vielleicht kennen sie noch das altmodische Wort ›poussieren‹. In unseren Kreisen poussiert jeder mit jedem.«

»Wie würden Sie Kelessidis beschreiben?«, fragt Papadakis.

»Er war ein erfolgreicher Regisseur«, antwortet er, ohne zu zögern. »Seine Filme haben Aufsehen erregt, sie wurden bei internationalen Festivals gezeigt und wurden mehrfach ausgezeichnet. Erfolg im griechischen Kino misst sich am Prestige, das sie einbringen, nicht an den verkauften Eintrittskarten. Griechische Filme haben selten Erfolg an der Kinokasse. Und jetzt, in der Krise, noch weniger.« Nach einer kurzen Denkpause meint er noch: »Er war jedenfalls ein schwieriger Mensch.«

»Was verstehen Sie unter ›schwierig‹?«, hakt Papadakis nach.

»Tja, schwierig eben«, wiederholt Karajorgis. »Jedes Mal, wenn er ins Filmzentrum kam, gab es Reibereien. Mal, weil ihm die Genehmigung der Anträge zu lange dauerte, mal, weil sich die Auszahlung der Fördersummen hinzog, mal, weil er ein Dokument nicht sofort bekam. Generell hat er das Personal von oben herab behandelt.«

»Glauben Sie, dass er aufgrund seines schwierigen Charakters Feinde hatte?«, frage ich.

Karajorgis lacht auf.

»In unseren Kreisen ist jeder mit jedem verfeindet. Diejenigen, deren Förderantrag abgelehnt wurde, hassen diejenigen, die Erfolg hatten. Diejenigen, die einen kleinen Zuschuss bekommen, hassen diejenigen, die einen größeren erhalten. Doch diese Beziehungsebene kommt nie ans Tageslicht, weil – wie gesagt – alle miteinander poussieren, wie in der Bojarenszene aus Eisensteins *Iwan der Schreckliche*, wo einer dem anderen zugleich das Messer in den Rücken rammt.« Mein Gesichtsausdruck erheitert ihn. »Aber ich will Sie nicht verwirren«, sagt er. »Eisenstein hat ihn ganz bestimmt nicht umgebracht.«

»Weißt du, wer dieser Eisenstein ist?«, frage ich Papadakis auf dem Weg nach draußen.

»Ein großer russischer Filmregisseur«, antwortet er prompt. »*Iwan der Schreckliche* ist sein Meisterwerk.«

›Wir haben Pilze gesucht und Senfkraut gefunden‹, denke ich mir. Niemand bringt einen anderen um, weil dessen Film mit einer größeren Summe gefördert wird. Und auch nicht, weil sein eigener Antrag erfolglos blieb, während ein anderer genehmigt wurde. Keiner hat etwas davon, seinen Konkurrenten umzubringen, da er das Geld ohnehin nicht bekommen würde. Selbst wenn er Eisenstein höchstpersönlich wäre.

Miltos Kelessidis wohnte in einer Zweizimmerwohnung in der Pafsaniou-Straße in Pangrati. Da er glücklicherweise die Schlüssel bei sich trug, gelangen wir problemlos hinein.

Die Wohnung verfügt über ein Schlaf- und ein offenes Wohnzimmer, das auch als Büro dient. Hinter dem Schreibtisch steht ein Bücherregal, und im Wohnzimmer-Teil fällt ein riesiger Fernsehbildschirm ins Auge. Die Regalwände enthalten Videokassetten und DVDs. Weitere DVDs liegen auf den beiden Sesseln und auf dem Couchtisch verstreut. Nur die Couch selbst, gegenüber vom Bildschirm, ist davon verschont geblieben. Offenbar hielt Kelessidis sie frei, um von dort aus gemütlich seine Filme schauen zu können.

Wir stehen gerade mitten im Wohnzimmer und fragen uns, wo wir mit der Suche beginnen sollen, als mein Handy läutet.

»Herr Kommissar, können Sie ins Café in der Ajias-Irinis-Straße kommen?«, höre ich Dimitrious Stimme sagen.

»Jetzt gleich?«

»Wir sind auf etwas gestoßen, das müssen Sie unbedingt sehen. Es ist dringend.«

Normalerweise versammelt sich nach einem Verbrechen die schaulustige Menge auf dem Bürgersteig oder glotzt aus den Fenstern, um das Schauspiel zu verfolgen. Hier jedoch trinkt man dazu auch noch Kaffee-Frappé oder Cappuccino. Mord fasziniert die Leute. Und wenn er vor einem Café passiert, dann bringt die krankhafte Neugier der Menschen dem Betreiber sogar einen finanziellen Gewinn.

So erklärt sich, dass das Café rappelvoll ist. Als wir eintreten, schlägt uns lautes Stimmengewirr entgegen.

Der Lokalbesitzer steht am Schreibtisch, der als Kassentresen dient, und telefoniert. Er begrüßt uns mit einem Nicken. Als ich merke, dass Dimitriou an der Tür zum Innenhof auf mich wartet, gehe ich zu ihm hinüber. Papadakis folgt mir nicht, sondern bleibt im Café.

»Was gibt's denn?«, frage ich Dimitriou.

»Ich glaube, es ist wichtig, aber das müssen Sie beurteilen.«

»Hauptsache, keine zweite Leiche.«

»Nein, etwas anderes.«

Wir treten in den Innenhof, und er führt mich zu dem gegenüberliegenden baufälligen Haus. Die Fassade ist mit bizarren Graffiti-Figuren besprayt. Welchem kranken Hirn die entstammen, ist ein anderes Thema und interessiert mich nicht weiter.

Dimitriou schiebt zwei Latten des Bauzauns beiseite und führt mich auf die verlassene Baustelle. Anscheinend ist das Gebäude entkernt worden und nur die Fassade stehen geblieben, da sie vermutlich unter Denkmalschutz steht.

Vor mir breitet sich ein riesiger, leerer Raum aus. Stellenweise sind die Zwischenwände noch erhalten. Das Dach ist kaputt, und das Sonnenlicht wirft an einzelnen Stellen kleine, runde Lichtflecke auf den Fußboden, die aussehen wie Scheinwerferspots. In einer Ecke, wo das Dach noch dicht ist, liegt eine Matratze und daneben ein Rucksack. Dimitriou streift sich seine Handschuhe über und zieht Unterwäsche, Socken und zwei zusammengeknüllte Hemden heraus.

Ich schaue mir die Sachen an und stelle fest, was ohnehin schon jeder weiß: »Hier hat irgendjemand gewohnt.«

»Nein, nicht irgendjemand. Kommen Sie mit.«

Er führt mich hinter eine Wand. Mein Blick wandert nach oben, und ich sehe, dass über dieser Stelle ein riesiges Loch im Dach klafft. Am Boden steht ein Wassereimer mit Rosen.

»Der Rosenverkäufer!«, rufe ich aus.

»Genau. Ich habe vorher im Café zufällig ein Gespräch über ihn aufgeschnappt. Anscheinend hat er hier gewohnt. Meinen Sie, er hat den Mord mitbekommen?«

»Ja, und ist dann abgehauen«, sage ich mit Bestimmtheit. »Schwer zu sagen, wo er sich verkrochen hat.«

Wir müssen alle Polizeireviere anfunken, und die Streifenpolizisten müssen ihre Augen offen halten. Da er kein anderes Einkommen als den Rosenverkauf hat, muss er irgendwann wieder unter die Leute, um Geld zu verdienen. Früher oder später werden wir ihn finden, aber es kann ein Weilchen dauern.

Als ich mich noch einmal umschaue, stelle ich fest, dass ein zweiter Ausgang zur Ermou-Straße hinausführt. Dort gibt es keinen Bauzaun, sondern es ist ein normaler Hauseingang, der zugemauert wurde. Der danebenliegende Fensterrahmen ist noch intakt und provisorisch mit Segeltuch abgedeckt, das sich leicht anheben lässt.

»Er hatte auch noch einen Hinterausgang zur Auswahl«, erläutere ich Dimitriou.

»Gestern ist er wahrscheinlich durch diesen Ausgang geschlüpft«, bemerkt er ganz richtig.

Mein Blick fällt auf Papadakis, der sich immer noch mit dem Besitzer von Café und Buchhandlung unterhält, und ich gehe auf die beiden zu. »Hat der Rosenverkäufer, der gestern Abend in den Laden gekommen ist, in dem Abrisshaus gewohnt?«, frage ich den Besitzer.

Er zuckt mit den Schultern. »Morgens haben wir ab und zu gesehen, wie er durch das Sträßchen lief, aber ich weiß nicht, wo er gewohnt hat. Hier sieht man jeden Morgen Obdachlose vorbeilaufen. Sie wohnen in den umliegenden verlassenen Häusern, aber keiner weiß, wo genau.«

Als ich auf den Ausgang des Cafés zusteuere, folgt mir Papadakis.

»Haben Sie noch was aus dem Chef des Ladens rausgekriegt?«, frage ich ihn beim Hinausgehen. »Ihr habt doch angeregt geplaudert.«

»Nein, das bezog sich nicht auf die Ermittlung.

Das war … privat«, fügt er mit verkniffener Miene hinzu.

»Was haben Sie mit dem Besitzer eines Gemischtwarenladens Privates zu bereden?«, frage ich überrascht.

»Gemischtwarenladen?«, fragt er verwundert zurück.

»Klar. Es ist ein Verlag, eine Buchhandlung, ein Café und ein Rembetiko-Lokal. Für jeden Geschmack etwas!« Er blickt mich an, und sein verlegenes Schweigen dauert an. »Papadakis, spannen Sie mich nicht auf die Folter. Was haben Sie privat mit dem Typen zu schaffen? Oder haben Sie mir verschwiegen, dass Sie ihn von früher kennen?«

»Wissen Sie«, sagt er gepresst und sucht nach Worten. »In meiner Freizeit schreibe ich Gedichte, und ich habe ihn gefragt, ob er sie lesen und eventuell publizieren würde.«

Regisseure werden ermordet, Polizisten schreiben Gedichte, Verlage werden zu Rembetiko-Lokalen. Kein Wunder, dass Griechenland den Bach runtergeht.

Drei Tage später führt ihn Papadakis in mein Büro. Ein Streifenwagen hat ihn vor einem Esslokal in Petralona aufgegriffen. Er hält immer noch seine

Rosen in der Hand. Da er die Nacht in der Arrestzelle verbracht hat, lassen sie die Köpfe hängen.

»Haben Sie immer noch Ihre Rosen dabei?«, sage ich freundlich.

»Kennen Sie jemanden, der sein Geschäft aufgibt, solange es noch etwas abwirft?«, erwidert er mit derselben ausgesuchten Höflichkeit, die ihn auch an dem Abend kennzeichnete, als er im »Gemischtwarenladen« tanzte.

»Wie heißen Sie?«

»Alexandros Seremetis.«

»Erinnern Sie sich noch an den Abend, als Sie Sebekikos im Rembetiko-Lokal in der Ajias-Irinis-Straße getanzt haben?«

»Klar, das habe ich sehr genossen. Es hat mich an die guten alten Zeiten erinnert«, fügt er nach einer kleinen Pause hinzu.

»Am selben Abend ist gegen drei Uhr morgens in dem Sträßchen, das zwischen dem Hinterhof des Cafés und dem Abbruchhaus liegt, ein Mord passiert.«

»Und was habe ich damit zu tun?«, fragt er gelassen.

»Mit dem Mord gar nichts. Es kann aber sein, dass Sie etwas gehört oder beobachtet haben, das uns weiterhelfen könnte. Deshalb haben wir Sie vorgeladen.«

»Um drei Uhr morgens drehe ich immer noch meine Runde durch die Lokale und verkaufe mehr Rosen als den ganzen Abend lang. Um die Uhrzeit sind alle so betrunken, dass sie ihren Begleiterinnen unbedingt Blumen schenken wollen.«

»Ja, aber als Sie in Ihren Unterschlupf zurückgekehrt sind, müssen Sie doch den Typen gesehen haben, der blutüberströmt in dem Sträßchen lag.«

Dass wir seinen Stammplatz entdeckt haben, beeindruckt ihn wenig.

»Ich nehme immer den Eingang zur Ermou-Straße.«

»Und am nächsten Morgen? Sind Sie dort wieder raus?«, fragt Papadakis.

»Genau.«

»Hören Sie zu, Seremetis«, sage ich, immer noch freundlich. »Wir wissen, dass Sie mit dem Mord nichts zu tun haben. Warum sollten Sie einen Unbekannten umbringen? Das einzige Motiv könnte gewesen sein, ihn auszurauben. Aber das ist nicht geschehen. Und Sie werden ihn ja wohl kaum umgebracht haben, weil er ein schlechter Sebekikos-Tänzer war.«

Auf seinem Gesicht zeichnet sich ein kleines, scheues Lächeln ab.

»Er hatte einen schrecklichen Tanzstil, aber deswegen hätte ich ihn nicht umgebracht. Schließlich tanzen viele andere genauso schrecklich. Egal, in welches Lokal ich gehe.« Er verstummt und denkt nach. »Wissen Sie, wie lange ich gebraucht habe, um diesen Schlafplatz hier zu finden?«, fragt er. »Wie viele Monate ich in irgendwelchen Nischen vor Geschäften und in Hauseingängen geschlafen habe? Wenn sich das rumspricht, dass ich mich dort eingerichtet habe, kommen vielleicht die Eigentümer, schmeißen mich raus und verbarrikadieren die Eingänge.«

»Wir müssen ja weder Details bekanntgeben, noch Ihre Adresse an die Presse weiterleiten. Darauf gebe ich Ihnen mein Wort. Also sagen Sie uns, was Sie gesehen haben.«

»Zuerst habe ich etwas gehört.«

»Und zwar?«

»Stimmen. Zwei Personen haben sich im hinteren Bereich des Hofs gestritten. Ich bin ganz nah an den Bauzaun gegangen und habe durch die Ritzen gespäht. Da habe ich den Typen gesehen, der getanzt hat, bevor ich auf die Tanzfläche gegangen bin, und den anderen, den Bärtigen, der mir die Blumen abgekauft hat. Die beiden waren außer sich vor Wut und haben sich angeschrien.«

»Und dann?«, fragt Papadakis.

»Ihr Streit war mir egal. Ich bin auf meine Matratze zurückgekehrt, um meinen Lieblingstraum zu träumen.«

»Und was für ein Traum ist das?«, frage ich neugierig.

»Ich habe in England studiert, Herr Kommissar. Dort habe ich auch meine Frau kennengelernt, die ganz verrückt nach Griechenland war. Ich fand einen guten Job, und wir haben uns hier niedergelassen. Doch das Unternehmen hat die Krise nicht überlebt, es musste schließen. So stand ich auf der Straße. Egal, wo ich anklopfte, alle haben mir die Tür vor der Nase zugeschlagen.« Er hält inne und lächelt bitter. »Ich bin zweiundfünfzig. Ich weiß, gleich sagen Sie, was mir alle sagen: dass ich mit zweiundfünfzig noch jung bin. Vom Alter her vielleicht, aber auf dem Arbeitsmarkt bin ich ein Greis. Keiner stellt in seiner Firma eine qualifizierte Kraft ein, die nur noch fünfzehn Arbeitsjahre vor sich hat. Nirgendwo auf der Welt! Alle ziehen einen Dreißigjährigen vor. Und jetzt in der Krise stehen sogar die Dreißigjährigen bei den Stellenvermittlern Schlange.«

Er holt Luft und fährt fort: »Nach einem Jahr wurde mir das Arbeitslosengeld gestrichen, und ich hatte keinen Cent mehr. Meine Frau hat dann unsere beiden Söhne mit nach England genommen. ›Es tut mir leid für dich, Alekos, aber ich muss in erster

Linie an die Kinder denken‹, hat sie zu mir gesagt. Jetzt könnten Sie fragen, warum ich nicht mitgegangen bin. Weil ich weder das Geld für das Flugticket noch für die Lebenskosten hatte. Die Eltern meiner Frau haben die Auslagen für meine Söhne übernommen, aber nicht für mich. ›Hättest du bloß den Griechen nicht geheiratet‹, haben sie zu ihr gesagt.«

Er pausiert erneut und fügt dann hinzu: »So ist es zu meinem sozialen Abstieg gekommen. Ich verkaufe Rosen und träume jeden Abend davon, so wie früher bei meiner Familie zu sein.«

Ich warte, bis er sich seine Geschichte von der Seele geredet hat, bevor ich meine nächste Frage stelle.

»Was haben Sie am Morgen gesehen?«

»Nichts. Morgens gehe ich immer über die Ermou-Straße zum Monastiraki-Platz, um mir einen Kaffee und eine Tyropitta zu besorgen. Dann komme ich hierher zurück und hole meine Blumen. An jenem Tag habe ich Lärm von dem kleinen Sträßchen her gehört, mich aber nicht bemerkbar gemacht und das Haus wieder in Richtung Ermou-Straße verlassen.«

Also weder Eurodingsbums noch Drehbücher, noch Koproduktionen, sage ich mir. Ein Mann, der aus Not zum Rosenverkäufer wurde, hat uns die Lösung geliefert.

»Aber Sie halten Ihr Wort, ja?«, fragt er beim Aufbruch.

»Machen Sie sich keine Sorgen. Keiner wird erfahren, wo Sie wohnen.«

Wenn er als Zeuge vor Gericht aussagt, wird er natürlich Personalangaben machen müssen. Ob er bis zum Gerichtstermin überhaupt in seinem Unterschlupf wird bleiben können, steht in den Sternen.

Makis Ressopoulos sitzt auf demselben Stuhl wie der Rosenverkäufer kurz zuvor. Es gibt Mörder, die sehnsüchtig auf ihre Festnahme warten, um dann ihr Herz auszuschütten. Ressopoulos gehört zu dieser Sorte.

»Seit dem ersten Tag unserer Zusammenarbeit hat er mich mit seiner Egozentrik und Arroganz gequält«, erzählt er uns. »Ich war nur dazu da, seine Ideen umzusetzen. Wenn ich es wagte, etwas anderes vorzuschlagen, fiel er mir gleich ins Wort. ›Ich will es nun einmal so, und basta‹, sagte er dann. Jedes Mal, wenn ich ihm eine Idee für ein Drehbuch brachte, hat er sie abgelehnt.«

Nach einer kleinen Denkpause setzt er fort: »Allerdings sind alle Regisseure so. Es gibt keinen einzigen Film im griechischen Kino, der nach einer Idee des Drehbuchautors entstanden wäre. Alle gehen auf eine Idee des Regisseurs zurück. Gute Filme und schlechte, preisgekrönte und Trash. Früher mal hatte das Filmzentrum den Ehrgeiz, eine Datenbank für fertige Drehbücher anzulegen – für Regisseure, die selbst keine Filmidee hatten. Kein einziges dieser Skripts ist je verfilmt worden. Die Datenbank ist zu einer Müllhalde für unrealisierte Projekte verkommen. Wenn Regisseure an deiner Idee nicht interessiert sind, dann verpacken sie die Absage meistens in eine höfliche Formulierung und sagen: ›Sehr schöne Idee, aber ich habe momentan etwas anderes in Planung. Wollen wir später darüber reden?‹ Miltos hingegen sagte einem ins Gesicht: ›Erspar mir deine Ideen. Das ist meine Sache. Deine Aufgabe ist das Schreiben.‹ Im Abspann wurde ich als Drehbuchautor genannt, aber in der Praxis war ich nur sein Schreiberling.«

Er holt ein Päckchen Zigaretten hervor, doch dann realisiert er, dass er sich in einer öffentlichen Behörde befindet.

»Stört es Sie, wenn ich rauche?«, fragt er.

»Rauchen Sie ruhig. Das bisschen Passivrauchen wird uns schon nicht gleich umbringen«, meine ich.

Nachdem er sich die Zigarette angezündet und den ersten Zug genommen hat, sagt er unvermittelt:

»Der Rosenverkäufer hat mich dazu inspiriert.«

»Kelessidis zu töten?«, fragt Papadakis verwundert.

»Nein, mit ihm Klartext zu reden. Als ich sah, wie er Miltos dazu gezwungen hat, seinen Tanz zu unterbrechen, habe ich mir gesagt: ›Wieso kann sich der Rosenverkäufer gegen ihn durchsetzen und ich nicht?‹ Der Rosenverkäufer hat mich dazu gebracht, die Auseinandersetzung mit ihm zu suchen. Wie schon gesagt, trank Miltos gern noch ein letztes Glas ganz für sich allein. Ich bin zwar mit den anderen gegangen, kam jedoch wieder zurück. Ich bezog in dem Hinterhof Stellung und habe gewartet, bis er rauskam, um sein Auto zu holen.«

Er hält kurz inne, um seine Gedanken zu ordnen. »Ich wollte ihn nicht töten«, fährt er fort. »Ich wollte eine Aussprache. Sie können einwenden, dass es der falsche Zeitpunkt war. Vielleicht, aber ich fühlte mich bereit für die Auseinandersetzung. Ich war mir nämlich nicht sicher, ob mein Mut bis zum nächsten Tag reichen würde.« Mit einem Mal wird die Szene vor seinem geistigen Auge wieder lebendig, und er gerät in Wut. »Er hat mich behandelt wie ein Stück Dreck! Er fing an zu schreien: ›Um drei Uhr morgens kommst du an, um mir diesen Schwachsinn zu erzählen?‹ Und dann: ›Hör zu, Film und Regisseur sind eins. Idee, Drehbuch, Filmeinstellungen, Drehorte, Kostüme, Casting, Schnitt – alle Fäden laufen beim Regisseur zusammen. Ohne uns seid ihr Drehbuchschreiber nichts. Wenn ich euch austausche, ist es so, als hätte es euch nie gegeben. Also tu gefälligst, was ich dir sage. Und dafür solltest du mir dankbar sein.‹

Er hat mir seine Worte förmlich entgegengespuckt. Dann hat er sich umgedreht, um zu seinem Wagen zu gehen. Das Stück Marmor lag einfach da. Keine Ahnung, wie ich plötzlich auf die Idee kam. Ich habe es aufgehoben und ihm damit auf den Kopf geschlagen. Er ist zu Boden gestürzt. Anscheinend hat der erste Hieb bei mir alle Hemmungen gelöst, denn ich begann, in blinder Wut auf ihn einzudreschen. Dann habe ich ihn dort liegen lassen, ohne zu wissen, ob er noch lebte oder ob er schon tot war. Jedenfalls war ich zumindest so weit klar im Kopf, dass ich daran dachte, das Stück Marmor mitzunehmen, damit es die Polizei nicht findet.« Und nach einer Pause fügt er hinzu: »Das war alles. Jetzt fühle ich mich befreit.«

Er lächelt uns an.

Nachdem ihn Papadakis in die Arrestzelle geführt hat, kehrt auch er mit einem breiten Lächeln zurück.

»Ich habe gute Neuigkeiten. Ich weiß aber nicht,

ob die für Sie interessant sind«, verkündet er freudestrahlend.

»Nur heraus mit der Sprache. Wer wagt, gewinnt.«

»Der Verleger hat mich angerufen. Er hat meine Gedichte gelesen, und sie haben ihm gefallen. Jetzt will er sie herausbringen.«

Poems and Crimes – Gedichte und Verbrechen …

Die Gedichte haben Papadakis Glück gebracht. Und die Verbrechen sind im Grunde zwei. Das erste am Regisseur Miltos Kelessidis konnten wir aufklären. Das zweite am Rosenverkäufer Alexandros Seremetis nicht, da der Täter nicht greifbar ist. Und wie es aussieht, wird das auch so bleiben und der Fall im Archiv der Zeit verstauben.

Bitte beachten Sie
auch die folgenden Seiten

Petros Markaris im Diogenes Verlag

Hellas Channel

Ein Fall für Kostas Charitos

Roman. Aus dem Neugriechischen von Michaela Prinzinger

Er liebt es, Souflaki aus der Tüte zu essen, dabei im Wörterbuch zu blättern und sich die neuesten Amerikanismen einzuverleiben. Seine Arbeit bei der Athener Polizei dagegen ist kein Honigschlecken.
Besonders schlecht ist Kostas Charitos auf die Journalisten zu sprechen, und ausgerechnet auf sie muss er sich einlassen, denn Janna Karajorgi, eine Reporterin für *Hellas Channel*, wurde ermordet. Wer hatte Angst vor ihren Enthüllungen? Um diesen Mord ranken sich die wildesten Spekulationen, die Kostas Charitos' Ermittlungen nicht eben einfach machen. Aber es gelingt ihm, er selbst zu bleiben – ein hitziger, unbestechlicher Einzelgänger, ein Nostalgiker im modernen Athen.

»Eine Entdeckung! Mit Kommissar Charitos ist eine Figur ins literarische Leben getreten, der man ein langes Wirken wünschen möchte.«
Hans W. Korfmann/Frankfurter Rundschau

Nachtfalter

Ein Fall für Kostas Charitos

Roman. Deutsch von Michaela Prinzinger

Kommissar Charitos ist krank. Eigentlich sollte er sich ausruhen und von seiner Frau verwöhnen lassen. Doch so etwas tut ein wahrer Bulle nicht. Eher steckt er bei Hitze und Smog im Stau, stopft sich mit Tabletten voll und jagt im Schritttempo eine Gruppe von Verbrechern, die die halbe Halbwelt Athens in ihrer Gewalt hat.

Charitos nimmt den Leser mit durch die Nachtlokale, die Bauruinen und die Müllberge von Athen. Keine Akropolis, keine weißen Rosen weit und breit.

»Mit Witz, Charme und Ironie erzählt Markaris eine reizvolle, geschickt verwobene Kriminalgeschichte mit überaus lebensnahen Figuren.«
Christina Zink/Frankfurter Allgemeine Zeitung

Live!

Ein Fall für Kostas Charitos

Roman. Deutsch von Michaela Prinzinger

Ein in ganz Griechenland bekannter Bauunternehmer, dessen Geschäfte olympiabedingt florieren, zückt mitten in einem Interview eine Pistole und erschießt sich vor laufender Kamera. Natürlich ruft ein solch spektakulärer Abgang Kostas Charitos auf den Plan. Seine Ermittlungen führen ihn zu den Baustellen des Olympischen Dorfs, zu den modernen Firmen hinter Fassaden aus Glas und Stahl, zu den Reihenhäuschen der Vororte, wo die Bewohner noch richtigen griechischen Kaffee kochen und Bougainvillea im Vorgärtchen blüht. Mit der ihm eigenen Bedächtigkeit irrt Kostas Charitos durch das Labyrinth des modernen Athen, unter der prallen Sonne – und dem Schatten der Vergangenheit.

»*Live!* ist ein Krimi, ein Geschichtsbuch, ein Migrantenroman, die Geschichte einer Ehe und ein Reiseführer durch Athen.« *Avantario Vito/ Financial Times Deutschland, Hamburg*

Balkan Blues

Geschichten. Deutsch von Michaela Prinzinger

›Go to Hellas!‹ – neun Geschichten über Athen. Die Fußballeuropameisterschaft ist gewonnen, die Olympiade steht an. Mit neuerwachtem Patriotismus feiern die Griechen ihre Feste, derweil die Einwanderer aus Albanien, Bulgarien und Russland sich durchs Leben schlagen, so gut es eben geht. Auch im Einsatz: Kommissar Charitos.

»*Balkan Blues* erzählt keine traurigen Geschichten, sondern mit feinem Witz und hohem Tempo von der anhaltenden Trauer einer Stadt.«
Neue Zürcher Zeitung

»Petros Markaris erweist sich als kluger und scharfsichtiger Beobachter der modernen griechischen Gesellschaft und ihrer zahlreichen östlichen Einwanderer. Er folgt ihren Geschichten voller Empathie, aber doch ganz ohne falsches Mitleid.«
Brigitte, Hamburg

Der Großaktionär

Ein Fall für Kostas Charitos

Roman. Deutsch von Michaela Prinzinger

Der Traum von einer gerechteren Welt – in seinem Namen wird Gutes getan, aber auch getötet und Gewalt ausgeübt. Dies bekommt Katerina zu spüren, als sie in die Hände von Terroristen fällt. Ihr Vater Kostas Charitos dreht fast durch. Er, der Kommissar, muss jetzt stillhalten, Geduld haben, Nerven beweisen. Ein Roman über Terror und Gewalt. Und über eine Familie, die damit umgehen muss.

»Mit Witz und Biss erzählt Markaris von einem modernen Griechenland, in dem die Vergangenheit unter der Junta leider noch immer lebendig ist.«
Buchkultur, Wien

»Markaris gelingt etwas Erstaunliches: Speziell griechische Chancen, Wunden und Sünden vereint er mit internationalem Wiedererkennungseffekt.«
Frankfurter Allgemeine Zeitung

Die Kinderfrau

Ein Fall für Kostas Charitos

Roman. Deutsch von Michaela Prinzinger

Was in Istanbul geschah, ist nun viele Jahrzehnte her. Und doch findet die neunzigjährige Kinderfrau keine Ruhe – sie hat noch alte Rechnungen zu begleichen. Kommissar Charitos folgt ihren Spuren: Sie führen nach ›Konstantinopel‹, in eine Vergangenheit mit zwei Gesichtern – einem schönen und einem hässlichen.

»In seinem Kriminalroman *Die Kinderfrau* wendet sich Petros Markaris der heiklen griechisch-türkischen Vergangenheit zu. Als Istanbuler Grieche armenischer Abstammung beschreibt der Kosmopolit dabei ein Stück seiner eigenen Geschichte.«
Geneviève Lüscher / NZZ am Sonntag, Zürich

Auch als Diogenes Hörbuch erschienen, gelesen von Tommi Piper

Faule Kredite

Ein Fall für Kostas Charitos

Roman. Deutsch von Michaela Prinzinger

Die Krise legt Griechenland lahm. Doch in der Finanzwelt herrscht höchste Alarmstufe. Mehrere Banker wurden innerhalb weniger Tage brutal ermordet. Und ganz Athen ist seit neustem mit Plakaten tapeziert, auf welchen die Bürger zur Verweigerung der Rückzahlung von Krediten aufgefordert werden.
Die Krise mit ihren Auswüchsen beschert Kostas Charitos und der Athener Polizei mehr Hektik denn je zuvor. Und auch privat wird es nicht einfacher: Gerade haben Kostas und Adriani noch die Hochzeit ihrer einzigen Tochter Katerina ausgerichtet und sich zum ersten Mal seit dreißig Jahren ein neues Auto geleistet – und nun wissen sie nicht mehr, wie sie die Raten abzahlen sollen.

»Selten war ein Krimi so brennend aktuell. Interessanter noch als die solide Krimihandlung sind die Skizzen eines Landes, dessen Volksseele kocht.«
Britta Heidemann / Westdeutsche Allgemeine Zeitung, Essen

Zahltag

Ein Fall für Kostas Charitos

Roman. Deutsch von Michaela Prinzinger

Reiche Griechen zahlen keine Steuern. Arme Griechen empören sich darüber, oder sie verzweifeln ob ihrer aussichtslosen Lage. Im zweiten Band der Krisentrilogie tut ein selbsternannter »nationaler Steuereintreiber« weder das eine noch das andere: er handelt. Mit Drohbriefen, Schierlingsgift und Pfeilbogen – im Namen des Staates.

»Petros Markaris hat einen weiteren Krimi zur Griechenland-Krise verfasst, böse, ironisch und mit viel Einblick in den griechischen Nationalcharakter und die Schwächen des politischen Systems.«
Der Spiegel, Hamburg

»Böse, komisch, traurig: Pflichtlektüre in finsteren Zeiten.« *Tobias Gohlis / Die Zeit, Hamburg*

Abrechnung

Ein Fall für Kostas Charitos

Roman. Deutsch von Michaela Prinzinger

Wir schreiben das Jahr 2014. Griechenland ist zur Drachme zurückgekehrt. Es geht ums schiere Überleben: Stellen werden gestrichen, Löhne nicht ausbezahlt – und ein Serienmörder hat es auf einige prominente Linke abgesehen, die nach dem Aufstand gegen die Militärjunta eine steile Karriere hinlegten. Wer steckt dahinter? Ein Rechtsextremer? Oder jemand, der sich für längst vergangene Verfehlungen rächt? Kommissar

Charitos verfolgt mit der ihm eigenen Beharrlichkeit die eloquenten Spuren des Täters – und das, obwohl er drei Monate lang ohne Gehalt auskommen muss.

»Der knorrig-charismatische Kostas Charitos ist einer der originellsten Kommissare der heutigen Kriminalliteratur.«
Achim Engelberg / Die Tageszeitung, Berlin

Zurück auf Start

Ein Fall für Kostas Charitos

Roman. Deutsch von Michaela Prinzinger

Der Deutschgrieche Andreas Makridis wird erhängt in seiner Athener Wohnung aufgefunden. Kurz darauf behauptet ein Schreiben, es handle sich um Mord. Unterzeichnet: »Die Griechen der fünfziger Jahre«. Was wie ein schlechter Scherz aussieht, ist blutiger Ernst: Weitere Tote folgen. Wer verbirgt sich hinter dieser ominösen Gruppierung? Verrückte alte Leute, die eine Rückbesinnung auf die Werte von damals fordern?
Der neue Fall führt Kostas Charitos kreuz und quer durch eine Stadt, die von Tag zu Tag gefährlicher wird. Das muss der Kommissar auch privat erfahren: Seine Tochter Katerina wird von einem Neonazi der »Goldenen Morgenröte« zusammengeschlagen – mitten im Zentrum, am helllichten Tag.

»Der Krimi als Gesellschaftsroman – in und für Griechenland hat ihn Markaris erfunden.«
Christine Müller-Lobeck / Tageszeitung, Berlin

Der Tod des Odysseus

Geschichten. Deutsch von
Michaela Prinzinger

Sieben Geschichten über Irrfahrer und Glückssucher in Griechenland, Deutschland und in der Türkei. Über Verbrechen aus Hass, Neid und Angst gegen-

über von Rivalen und Fremden. Auch Kommissar Charitos tritt auf und beweist einmal mehr, dass finstere Zeiten nur mit Humor und Zusammenhalt zu überstehen sind.
Der große griechische Krimiautor Petros Markaris – selbst ein Grenzgänger zwischen den Kulturen – gibt sich hier sehr persönlich.

»Selten segelt Literatur so hart am Wind der Aktualität wie in den Büchern von Petros Markaris.«
Monika Willer / Westfalenpost, Hagen

Wiederholungstäter

Ein Leben zwischen Istanbul, Wien und Athen

Deutsch von Michaela Prinzinger

Petros Markaris über seine Liebe zu Istanbul, seine Hassliebe zu Athen und seine besondere Beziehung zur deutschen Kultur. Der Autor erzählt von seiner Kindheit, seinem Alltag heute, von der Zusammenarbeit mit Theo Angelopoulos und seiner Tätigkeit als Brecht- und Goethe-Übersetzer. Dabei beschränkt er sich nicht aufs Autobiographische: Wenn er von der griechischen Gemeinschaft in Istanbul schreibt, so ist ihm das einen Exkurs zum Thema »Minderheiten« wert. Spricht er von seinen armenischen Wurzeln, geht es bald um »Heimat«. Schildert er die Entstehung seiner Figuren Kostas und Adriani, so greift er die Themen »Gleichberechtigung« und »politische Korrektheit« auf. Autobiographisches, Historisches und Politisches vermischen sich dabei auf brillante und liebenswürdige Weise.

Finstere Zeiten

Zur Krise in Griechenland

Die moderne griechische Tragödie spielt sich in den Läden und Büros, Straßen und Wohnblocks ab. Petros Markaris beobachtet und kommentiert die einzelnen

Akte in zwölf Artikeln, die er für deutschsprachige Medien wie *Die Zeit, Die Wochenzeitung, Die Tageszeitung* und die *Süddeutsche Zeitung* seit 2009 geschrieben hat.

»Der weltbekannte Krimi- und Drehbuchautor Petros Markaris ist einer der profiliertesten Kommentatoren der Griechenlandkrise.«
Sebastian Ramspeck / SonntagsZeitung, Zürich

Quer durch Athen

Eine Reise von Piräus nach Kifissia

Mit 24 Kartenausschnitten. Deutsch von Michaela Prinzinger

Nimmt man die alte Stadtbahn, von Einheimischen liebevoll »die Elektrische« genannt, kann man Athen in einer Stunde durchqueren. Es ist eine Reise durch alle gesellschaftlichen Schichten: von der verrufenen Hafenstadt Piräus durch die früheren Arbeiterviertel bis ins Zentrum und von dort durch die ärmeren Vororte bis ins noble Kifissia, wo einst das Königshaus seine Sommerresidenz hatte. Wie in einer Zeitmaschine findet sich der Passagier mal in die Antike, mal in die Zeit der Bayernherrschaft und dann wieder in die Gegenwart versetzt. Und will er dem Rummel entfliehen, so findet er unter Petros Markaris' kundiger Führung auch verborgene Winkel, wo die Zeit stillsteht und noch einfache Garküchen oder Kafenions zu finden sind.

»Athen ist ein Moloch mit schönen Ecken. Petros Markaris erzählt, wie man sie findet.«
Stefan Berkholz / Der Tagesspiegel, Berlin